パンとスープとネコ日和

婚約迷走中

群ようこ

角川春樹事務所

婚約迷走中

パンとスープとネコ日和

装画　コバヤシヨシノリ
装幀　藤田知子

1

アキコとしまちゃんは仕入れを済ませると、毎日、店の前を掃くのは前からやっていたが、最近は水を流しながらブラシをかけるようになった。夜、店が閉まっているのをいいことに、シャッターに缶コーヒーをかけたり、食べかけのピザを店の前の道路に置いていったり、ひどいときにはトイレがわりにされたりと、さんざんなのである。

「お店を出したときは、ここまでひどくなかったんだけど」

アキコが水を流しながら、腰が据わった格好で道路にデッキブラシをかけているしまちゃんに話しかけると、

「ふざけてますよ。いったい何だと思ってるんですかねえ」

と怒っている。

「防犯カメラを付けてつかまえて、そういう奴《やつ》らに掃除をやらせたいです」

「本当にそうねえ。困ったものだわ」

二人で愚痴《ぐち》をいいながら掃除をしていると、喫茶店のママが出勤してきた。

「おはよう」

「おはようございます」

ママは二人を見て、ため息をつきながら、「汚しても平気な輩《やから》が増えたからねえ。この先、どうなることやら。とにかくご苦労さま。今日もがんばっていきましょう」

とかすかに笑って、店の鍵《かぎ》を開けて店内に入っていった。夜もお店を開けているママさんのところは、紙ゴミ程度でアキコの店ほど前が汚れていない。

「うちはゴミ捨てのいい標的になってるのね」

アキコの嘆きを聞いたしまちゃんは、怒りをぶつけるかのように、ブラシをぐいぐいと道路に押しつけた。力が強いのでブラシの毛がくたっと寝てしまっている。

「ブラシを壊さないでね。適当な力でお願いします」

「あっ、つい……。すみません」

彼女がきっちりとした部活のお辞儀をしたとたん、二人の背後から、

「おはようございまーす」

と甘えたような女性の声がした。振り返ったアキコとしまちゃんは同時に、

「あっ」

と声を上げた。ピンク色の花柄のワンピースを着て立っていたのは、ママの店に勤めていた、佐々木《ささき》希《のぞみ》のお姉さんといっても誰も疑わないであろう美人さんだった。たしかお客さんと結婚して、さっさと店をやめてしまったと、ママさんが愚痴っていたはずだった。

「久しぶりですね。どうしたの、こんなに早く」

アキコが声をかけると、彼女は、ふふっと笑った後、

「出戻ってきちゃったんですよ。またママさんのところで働くの」

と笑っている。アキコはそんな話をママから聞いていなかったので少し驚いたが、話さないのもママらしかった。

「今日から？」

「そうなんです。昨日、ママに電話して、『また雇ってくれる？』って聞いたら、うんっていわれたから来ちゃった」

しまちゃんはきょとんとしていた。

「昨日の今日？」

アキコが確認すると、

「はい、そうです」

大きくうなずいた。あまりに唐突だったので、アキコたちが驚いていると、彼女は、

「それじゃ、またよろしくお願いしまーす」

とお辞儀をして髪の毛をかき上げ、店に入っていった。しばらくすると、箒《ほうき》とちりとりを手に、ママが仏頂面で店から出て来た。

「あの……」

「そうなのよ、またよろしくね。何でもやるっていうから来させたんだけどさ」

掃除をしながらのママの話によると、結婚はしたものの彼女は専業主婦の生活に飽《あ》きてしまい、こんな退屈な生活はいやだといって、ずっと別居状態だったという。

「そのまま相手が納得するわけないじゃない。で、正式に離婚っていうことになったらしいの。でも別居したときの生活費も、全部相手が出していたんだって」

専業主婦といっても彼女は手が荒れるからと、家事をするわけでも料理を作るわけでもなかった。料理はデリバリーか惣菜《そうざい》を買ってきたのを並べるかで、掃除は夫が会社から帰ってきてやっていたという。

「得意なのは洗濯っていってもねえ。機械がやってくれるわけだし、自分が手洗いするわけでもないしさ」

とにかく洗濯以外は何もせずに、家にいても退屈だからと毎日外に出て、あちらこちらで買い物をしては遊んでいた。食事がデリバリーでも夫は黙っていたのに、こういう生活は続けられないと、彼女のほうが家を出て、離婚を切り出したという。

「そんなの許されるわけないでしょ」

ママの言葉にしまちゃんが大きく首を縦に振った。義理のお母さんが子供でもできたら落ち着くのではないかといったら、それに対しても、

「『もしも私が子供ができない体だったら、お義母《かあ》さんはその発言にどうやって責任を取ってくれるんですか』って逆ギレして、黙らせたんだって」

アキコはどちらかというと何も考えておらず、ぼーっとしているように見える彼女が、そんな暴言を吐くとは想像もしていなかった。

「『そういったらお義母さんはびびっちゃって、寄りつかなくなりました』って笑ってんのよ。どうしてああいう性格になったのかねえ。結婚した相手の人もお客さんだったから知ってるけど、いい人っていうか、相当、惚《ほ》れてたんだろうねえ。あの子のほうが悪いのに親に内緒で慰謝料としてまとまったお金をくれたんだって。切羽詰まってなくて、半分お客さん気分なのよ。だからあたしが外回りのお掃除をしなくてはならないわけですよ」

アキコが店の中をのぞいてみると、彼女は店内のテーブルを拭《ふ》き掃除していた。どうしてママさんが外の掃除をと二人が思っていたのを見透かしてか、ママは、

「お嬢様は外回りのお掃除は、埃《ほこり》が立ってお召し物が汚れるので、いやなんだそうですよ」

といった。

「はああ」

デッキブラシを手にしたまま、しまちゃんが間の抜けた声を出したので、アキコは笑いそうになった。

「でも出前は助かりますね。お店を空けなくて済むから」

なるべく彼女の出戻りをいい方向に持っていこうと、アキコが声をかけると、

「そうねえ。でも行ったっきり、三十分は帰ってこないからねえ。あたしがいないときは常連さんが店番をしてくれてたしね。また厄介者を背負い込みましたよ。じゃ」

ママは手早く外回りの掃除をして、店の中に入っていった。店内のお嬢さんは戻ってきたママに、笑顔で何事か話しかけていた。

外の掃除も終わり、アキコとしまちゃんは店内に入った。

「ああいっても、ママさんは彼女が心配なのよね、きっと」

アキコが手を消毒し終わり、仕込みをしながらいうと、しまちゃんはそれを手伝いながら、

「それにしても、虫がよすぎませんか？　店に迷惑をかけているのに。ふつうは戻りたいなんていえないですけどね」

と怒っている。

「でもそういう人っているのよ。自分はいつも他人に好かれてて、嫌われるわけがないって自信を持っている人が。またそういう人の周りには、甘やかしてくれるような人が集まるの。それでうまくいってるのよ」

「ママさんも口は悪いけど、本当は面倒見がよくて優しいんですよね。そこにつけこんでいるような気がして。あの女の人も悪い人だとは思いませんでしたけど、義理のお母さんへの言葉を聞くと、ちょっとひどいですよね。きれいな顔をしてるけど、中身はちょっととっていう感じが……」

しまちゃんは批判的だった。

「しまちゃんはシオちゃんのご両親にご挨拶《あいさつ》したの」

「はい、仕方なく……しました」

「何なの、その仕方なくって」

アキコは笑いながら、丁寧に人参《にんじん》を切っている彼女の顔を見た。

「だって、親に会ったら、もうおしまいっていう感じはしませんか」

アキコはしばらく笑った後、

「それって男性のほうがよくいうせりふじゃないの」

「そうですか」

「私が若い頃は、結婚したいと彼女に迫られているその気のない男の人が、そんなことをいってたけれどね」

「はあ、そうなんですか」

しまちゃんは真顔でうなずいていた。

「まわりから固められて、耐えられなくなって落城するっていう感じですかね。よくありますよね、戦国時代の映画やドラマで」

「しまちゃん城主はどうだったの」

「いや、まあ、私の場合は、シオちゃんの勢いに乗ったようなものですから。後からそういうことが出て来ちゃって、正直、面倒くさかったです」

やっぱり根が男の子みたいだなあと、アキコは笑いを堪《こら》えていた。

「ご両親は何ていってたの」

「とても喜んで、『こんな明るくて元気で丈夫そうな人が来てくれるなんて』ってハグしてくれました」

「あら、よかったじゃないの」

「ええ、とてもいい方たちで、お二人でシオちゃんの悪口をいってました」

ご両親はとてもざっくばらんすぎる性格で、いかにシオちゃんが、成績はよかったものの、間が抜けていて運動が苦手だったか、子供の頃のエピソードを次々と披露してくれたという。

「シオちゃんは耳を両手で塞《ふさ》ぎながら、『もうやめてくれええ』って叫んでました」

自分が好きになった結婚相手の前で、過去の恥をさらされたのでは、さぞかし立場がなかっただろうとアキコは彼が気の毒になった。

「小学校で飼っている鶏の世話係になったときも、その鶏たちはとてもおとなしいのに、鶏舎に入ってきて掃除をするシオちゃんにだけは、集団で寄ってたかってつつきまわしたとか、ブランコを漕《こ》いでいるときに、勢いがつきすぎて、そのまま前にふっとんでいって、相手のいないボディプレスみたいになったとか、走り幅跳びの授業のときに、砂場に向かって走っていく途中で転んだとか、もう、恥の宝庫なんですよ」

しまちゃんは彼の手前、おおっぴらに笑っちゃ悪いかなと様子をうかがって、あまり大声で笑わないようにしていたのだが、ご両親は息子の困惑など完全無視して、大笑いしながら「息子の恥披露」を続けていたという。

「でも最後にお義父《とう》さんが、『こんな間抜けたところがたくさんある子だけれど、人間的にはとてもいい奴だと思うので、よろしくお願いします』っていってくれました。そうしたらお義母さんが、わーって泣いたんです」

「あらー」

「まさかこんなどんくさい子と、結婚してくれる人がいると思わなかった。一生、ネコと一緒に暮らすのじゃないかと思ってたって。でもその前に、三十分以上、息子の悪口をいってたんですからねえ」

「いいじゃないの、そういうご家族で」

「はい。気は楽になりました」

「しまちゃんのご両親は、結婚を冗談だと思っていたしね」

「まったく。うちの親も相当ひどいですよ。おれは忙しいんだから、そういう冗談はやめてくれですからねえ」

しまちゃんは顔をしかめた。

シオちゃんのご両親は、しまちゃんに、きちんと式はしたほうがいいんじゃないかとか、娘さんはお一人なんだし、ご両親もそれを望んでいるのではないかとか、気を遣ってくれたのだが、シオちゃんが代わりに、

「この人はそういうのは必要ないっていっているから」

といってくれた。すると彼のご両親の表情が一変して、

「そんなことをお前がいうな！」

と怒り、お義父さんが、

「いいからお前は黙ってろ」

と叱《しか》りつけたらしい。するとシオちゃんは文字通りしおしおになってしまったので、しまちゃんが、

「私は式はしたいと思っていないので、いいんです」

とフォローした。しかしご両親は自分たちに娘がいたらやりたかったことを、しまちゃんにしてあげたいようで、特にお義母さんは、しまちゃんは背が高いから、こういうデザインのウェディングドレスだったら素敵とか、お色直しのドレスのことまでいってきた。それに対してお義父さんも、ただうんうんとうなずいている。

「この私が着るんですよ。無理なんですよ、ドレスなんか」

しまちゃんは困惑しきっている。

「いいじゃないの、いいチャンスよ。一生に一度しか着られないんだから」

「一生に一度でもいやです。ああいうのは私の性に合いませんっ」

「そうかなあ。自分でそう思っているだけで、着たら似合うかもしれない……」

「いーえ！　似合いません！」

しまちゃんがお店に来てくれて、はじめてきっぱりと抵抗したので、アキコは噴き出してしまった。

「あはははは」

しまちゃんは一瞬、きょとんとしていたが、はっとして顔を赤らめ、

「すみません、あの、つい、大声を……」

と身を縮めた。

「あはははは」

しばらくアキコは笑いが止まらなかった。

「似合わないかなあ、そうかなあ」

アキコは首をフクロウのように左右にかしげながら、ミネストローネの仕込みをはじめた。

「似合わないです」

自分が切った人参を鍋《なべ》に入れながら、しまちゃんが小さな声でつぶやいた。

「でもあちらのご両親は、あきらめてくれるかしら」

「まだ保留なんです。ちゃんと話せばわかってくれるとは思うんですが」

アキコが黙って鍋の中の野菜を炒《いた》めていると、

「本当に面倒くさいですね、結婚って」

しまちゃんが呆《あき》れた口調でつぶやいた。

その日は午前中から春らしい陽気になったため、開店前からお客様が並んでくれて、すぐに

満席になった。すべての席にサーブが終わった後、ふと店の外に目をやると、ママの店の出戻ってきたお嬢さんが、ワンピースの裾《すそ》をひらひらさせながら、手に銀色のお盆を持って出前に出かけていった。開店中は無駄話は厳禁なので、アキコとしまちゃんは、お互いの目を見てうなずいた。

（三十分は帰ってこない）

食事が終わったお客様が何組か店を出るときに、また外に目をやると、ママが店のドアを開けて首を出し、右、左を見て、あーあという表情で首を引っ込めた。

（やっぱり）

再びアキコたちはうなずいた。

それから二、三分後に、のんびりと歩きながらお嬢さんが帰ってきた。目立つ美人なのですれちがいざまに、明らかにエグザイル一派の真似《まね》をしているが、絶対にそこには入れない軟派な二人連れの男性が、彼女に声をかけた。すると彼女は彼らに対して、にっこり笑って何事かいい、早足で店に入っていった。

（ああいうところが女なんだなあ）

アキコはなるほどと納得した。自分も若い頃、男性に声をかけられたことはあるが、とてもあんなリアクションはとれなかった。

（何だ。こいつ）

と思いながら、鉄仮面のように表情を変えず、行進しているかのように完全無視して歩いていったものだった。よく「女は生まれたときからすでに女である」といわれるが、そうではなくて、なかにはそういう女もいるが、そうでない女もいるのである。正直、若い頃は自分の母親も含めて、そういった女のしぐさをする女性に対して嫌悪感もあったが、最近はそういった感情はわかず、

（あの人はそういう人なのね）

と思えるようになった。しかし母親に関しては身内ということもあって、最後まで嫌悪感はぬぐえなかったのだ。

お客様のピークの時間帯が過ぎて、女性の二人連れのお客様だけになった。アキコとしまちゃんが店の隅に立っていると、どうしてもママの店が目に入る。お嬢さんが再び働くようになったとたん、彼女は何度も銀色のトレイを持って、出前にでかけていた。

（あら、また出前だわ。ずいぶん多いわね。彼女が戻ってきたからかしら）

アキコがしまちゃんの顔を見ると、彼女もうなずいている。午後になったら特に忙しくなったようで、お嬢さんは何度も商店街を往復していた。ママにいわれたのか、三十分戻らないということはなく、早足で戻ってくる姿も見えた。

最後のお客様が店を出た後、アキコは、

「さすがにお嬢さんはすごい人気ね」

としまちゃんと顔を見合わせた。

「ママさんの出前じゃだめだったんでしょうかね」

しまちゃんはそういったあと、

「あっ」

と小さな声を出し、すみませんと小声で謝った。

「若いお嬢さんが、お茶を持って来てくれたら私だってうれしいわ。もちろんおばさまでもおじさまでも、おばあさまでも、おじいさまでもうれしいけど」

しまちゃんはしまったという表情のまま、

「はい」

と返事をした。その「はい」が何に対しての「はい」なのかと、アキコは考えたが、きっと失言してしまったとあせったしまちゃんからしたら、とりあえずアキコの言葉に「はい」というしかなかったのだろう。しまちゃんは神妙な顔のままだった。

「あ、また出前」

お嬢さんはさっきよりもひとまわり大きいお盆を両手で持ち、そろりそろりと商店街を歩い

ていった。ワンピースの裾が吹いてきた風に翻《ひるがえ》っている。じっと彼女の後ろ姿を眺めていたしまちゃんが、

「両手が塞がっているときに、風が吹いてくるとああいった服はまずいですね」

とぼそっといった。アキコもガラス窓に近づいて、お嬢さんの後ろ姿に目を向けた。

「ああ、まくれるっていうこと?」

「よくああいう服を着られるなって、感心するんです。生地は薄いし透けているし、そのうえ風に煽《あお》られたら、『あーっ』じゃないですか」

「あの、マリリン・モンローみたいにね」

「はっ?」

しまちゃんの不思議そうな顔を見て、アキコはぎょっとした。しまちゃんの世代は、マリリン・モンローのスカートが、地下鉄の通風口の上でまくれ上がる有名なシーンは知らないのだ。アキコは世代差を感じながら、マリリン・モンローみたいといった意味を説明した。

「そういえば写真は見たことがあります」

しまちゃんにも見覚えがあったとわかり、自分が前時代の人間ではないと少しほっとした。

「きっとああいった女性らしい服を選ぶ人は、いちいちそんなことを考えていないんでしょうね。デザインがかわいいとか、着たいとかが先で、風が吹いたときのことは考えてないと思う

わ」

「それはそうですよね。毎日、風が吹いているわけでもないですしね」

しまちゃんは服はいつも古着店で買っているといっていた。ボーイッシュでお洒落《しやれ》な感じで、アキコはしまちゃんの格好は大好きだった。ひらひらの女性よりも、そういった服装の人のほうが、この店の雰囲気にも合っている。

「しまちゃんは、今まであいった服は着たことはないの」

「ありません。一度もないです」

「えー、一度も」

「ないですよ。アキコさんはありますか」

「私は会社に勤めていたから、ドレッシーなワンピースは、パーティーの場所に合わせて二回くらい着たわね。それ以外はだいたいカジュアルなパンツスタイルだったけど。あと友だちの結婚式のときに三回着たかな」

「結構、着てるんですね」

「えーっ、少ないわよ。これまでの人生で数回よ。スカート丈はあんなに短くなかったけど」

「ああ、あれは短いですね。よほど脚に自信がないと着られませんよね。あっ、すみません」

またしまちゃんは小声で謝った。

「そうなの、脚に自信がないから、うまーく隠れる丈にしていたのよ」

「いえ、あの、すみません……」

しまちゃんの体が急にぐにゃぐにゃして、くらげみたいになった。アキコは笑いながら、しまちゃんは心根が優しいから、デザインを選べば、花柄のワンピースも似合うんじゃないかと勧めてみた。

「ええっ、私がですかあ」

しまちゃんの目がまん丸くなった。アキコがうなずくと、

「それは一生ないです。両親からも友だちからも勧められたことがないし。だいたい私がそんな服を着たら、女装強盗ですよ」

といいながら、しっかりとした目でアキコの目を見つめた。

(女装強盗……)

たしかにいつもパンツスタイルなので、スカートを穿《は》いたときのふるまいがわからず、ずっと脚を開いた仁王立ちで立っていそうだった。

「一度、チャレンジしてみたら」

「いえ、その必要はないです。私には一生必要がないものです」

しまちゃんはまたまたきっぱりといい切った。見事な割り切り方だった。

二人でどうでもいいことを話していると、お嬢さんが手ぶらで戻ってきた。彼女が店に入るのを見届けて、

「今日はママさんは大忙しね」

とアキコは笑い、残りの食器洗いのために二人で厨房《ちゅうぼう》に入った。

その日は昼にお客さんが集中したものの、あとは誰も来なかった。時計が四時を差しているのを見て、アキコは、

「今日は閉めましょうか。かぼちゃのスープもあと二人分しかないし。しまちゃん持っていく？」

と声をかけた。

「ありがとうございます。いただきます」

しまちゃんは頭を下げた。二人で表の看板を中に入れ、閉店の準備をしていると、ママの店からハイブランドのショルダーバッグを肩から掛けたお嬢さんが出てきて、駅のほうに小走りに走っていった。

「あら、今度は出前じゃないのね」

「ママさんのおつかいでしょうか」

そういいながら二人がテーブルの上を拭いていると、仏頂面のママが、

「失礼」

といいながら店に入ってきた。

「今日は忙しそうでしたね」

アキコが声をかけると、ママは近くの椅子《いす》に座り、

「おかげさまでね。ありがたいことですよ」

といったものの、仏頂面のままだ。

「はああ〜」

大きくため息をついて、ママさんはテーブルに両肘《りょうひじ》をつき、両手の平に顎《あご》をのせて、もう一度、

「はああ〜」

と声を出した。

「どうかしましたか」

アキコが声をかけた。しまちゃんはママが気になり、そちらのほうをちらちらと見ながらも、テーブルを拭き続けている。

「久しぶりに二人でやったら、気を遣っちゃって。はあ〜、疲れた」

そういいながら両手の中指でこめかみを揉《も》みはじめた。

「出前も多かったみたいですね」

「そうなのよ。電話にお嬢さんが出たら、そりゃあ、あんたが持ってこいっていうことになるわよね。また出前先で油を売って戻ってこないから怒ったのよ。そうしたらすぐに帰って来るようにはなったけど。あれだね、前に教えたからって覚えているもんじゃないのね。いちいちいわなくちゃいけないのね」

「ああ、そういう人はいますね」

「でもここのお嬢さんは一度いったことは、ちゃんと覚えてるでしょ。そうよ、この人はそういう顔をしてるもの。あの子は美人なんだけど、そこんところがちょっと甘いんだよねえ。でもそういうところが男に好かれるんだねえ、きっと」

　ママは自分で結論を出してうなずいていた。

「しまちゃんは一度いったことは、次からきちんとやってくれるので助かります」

「そうでしょう。どうもうちのはねえ、そのつどいわないとわからないんだよね。この間いったでしょっていっても、はじめて聞いたような顔をするんだから。力が抜けちゃうね、ああいう顔をされると」

「さっき出ていったみたいですけど、ママのおつかいですか」

「いーえ」

ママは鋭い目つきでアキコを見た。思わず息を詰めてしまったアキコも、ママの顔をじっと見つめると、ママはもう一度、はあ〜と息を吐き、

「早退とのことです」

と抑揚のない口調でいった。

「早退？　今日がお勤めの初日ですよね」

「はい、そうでございます」

「それで……早退ですか」

「はい、そのようです。前々からお友だちと会う約束がおありだったそうです」

ママは無表情になった。アキコとしまちゃんが顔を見合わせた。

「それだったら何も……。明日からのお勤めにすればいいのに」

よそ様の従業員のことなので、あまりお嬢さんを批判するのもと思いつつ、アキコは口ごもった。

「少しでもお金が欲しかったんでしょ。だいたいうちは、これから閉店までが忙しいのに。それも重々わかっているはずなんだけど」

ガラス窓ごしに、ママの店から男性のお客さんが出てきて、こちらに向かってくるのが目に入った。

「あ、ママさん」

アキコが声をかけたのと、男性が遠慮がちに店のドアを開けたのが同時だった。

「すみません、ママ」

「えっ、なあに」

ぼやいていたママはあわてた様子で振り返った。

「出前。角の雀荘《ジャンそう》」

「ええっ？　うちのお嬢さん、いないっていった？」

「うん、そういったら、『じゃあ、いいや』って一度、電話は切れたんだけど、やっぱりおいしいコーヒーが飲みたいからって、電話をかけ直してきた」

「何だよ、それ。むかつくなあ」

ママはよっこいしょと立ち上がり、

「失礼いたしました」

と仏頂面のまま一礼し、男性と一緒に店を出ていった。

しまちゃんはママの話を聞いて、ますます憤慨していた。どうしてママさんは、店に迷惑をかけるような人間を雇うのか。困るのだったらやめてもらったほうがいいんじゃないかと訴えた。

「理屈はそうなんだけどねえ」

「お給料をもらう立場としたら、そんな態度は相当、問題だと思います」

しまちゃんは背筋を伸ばした。アキコは、雇う側がまともであれば、従業員に多少の問題があっても、すぐにやめてもらおうとは考えていない。なるべく従業員の問題点が店に悪影響を及ぼさないように、うまく人を使うしかないのだと説明した。

「雇ったのは自分なんだから、どうやったら従業員がうまく働いてくれるかを考えるのも、雇い主の仕事のひとつなの。程度にもよるけれど、気に入らないとか、だめだからとかですぐにクビっていうわけにはいかないのよ」

背筋を伸ばしたままのしまちゃんの顔が、だんだん赤くなってきた。そして、

「ごめんなさい、出過ぎたことをいって。ママさんにも申し訳ないです」

と口をぎゅっと結んで、小学生が叱られたような表情になった。

「そんなことないわよ。私だって勤め人のときは、そこまでわからなかったし。いっておくけど、私はしまちゃんに迷惑をかけられたとか、困ったとか感じたことは一度もないからね。私の人を見る目に間違いはなかったって、胸を張っていえるわ。ありがとう」

「ありがとうございます」

深々と部活のお辞儀をして体を起こしたしまちゃんの顔は、ほっぺたが真っ赤な子供のよう

になっていた。

2

相変わらず店頭の念入り掃除は続いていた。そしてこちらも相変わらず、お嬢さんではなくママが喫茶店の前を掃除していた。お嬢さんは服が汚れるからと、掃除をいやがったが、ママの服だって汚れないわけではない。かといってそのたびに着替えるのが面倒だったのか、上半身はドレッシーなデザインの紫色のプリント柄なのに、下半身はサイドにシルバーの幅広のラインが入ったジャージーを穿《は》いたりしていた。ママは落ち着かない様子で、手早く周辺を掃いて、すぐに店の中に入っていってしまった。

アキコとしまちゃんは、きっと自分たちと顔を合わせたら、ママも恥ずかしい思いをするだろうと、店の中からそんな姿を見ていた。

「ママさんにあんな格好までさせて。あの人、どういうつもりなんでしょうか。平気でいられる神経がわかりません」

しまちゃんは復帰したお嬢さんに対して、ずっと怒っていた。

「そうねえ、そろそろ自分の立場を理解してもいい頃よね」

「当たり前ですよ。遅すぎます」

二人であれこれ話をしていると、喫茶店のドアが開いて、ジャージーを脱いだ、紫色のワンピース姿になったママが、ふくらはぎ丈の裾《すそ》を翻《ひるがえ》してこちらに向かって歩いてきた。心なしかお嬢さんが復帰してから、服装がやや華やかになってきたような気がする。

「おはよう」

「おはようございます」

ママはいつものようにぐるりと店内を見回して、黙ったまま、うんとうなずいた。

「今日は風が強いですねえ」

「まあ、今の季節は仕方がないけどね。乾燥して埃《ほこり》っぽいから、喉《のど》がいがらっぽくてね。店で咳《せき》をしたりするわけにもいかないからさ、いろいろと大変だわ」

「ああ、そうですね」

「ちょうどゴミの吹き溜《だ》まりが、隣の携帯ショップなんだけどさ、そこの店員、知ってる？店の前に溜まったゴミを、アキちゃんの店の前に持っていくわけにもいかないから、向こうの隣のケーキ屋の前に持っていくのよ」

「持っていくって？」

「箒《ほうき》で掃くまではいいのよ。それをちりとりで取らないで、そのままずーっと引きずっていって、店の前に置いちゃうの」

「えっ、掃いたそのゴミをですか」

「そうなのよ。いくらあのケーキ屋が閑古鳥《かんこどり》が鳴いているからって、それはないよね。前はそんなことがなかったから、新しく来た子がやってるんでしょうけど」

「店長や上司は何もいわないんでしょうか」

「いちいちゴミをどうしたかなんて、チェックしていないんじゃない。店の前がきれいになればそれでいいのよ。まさか店員がそんなことをしてるとは思ってないのよ」

「ひどいです」

　しまちゃんがまた怒った。

「本当だよね。あんたみたいにいい子ばかりだと、雇い主も助かるんだけどね。アキちゃん、いつもいってるけど、このお嬢さんは一生、離しちゃいけないよ」

「はい、わかりました」

　アキコが笑いながら返事をすると、ママさんは大股《おおまた》で店に戻っていった。

「一生って……、すごいですよね。すみません」

しまちゃんがどういうわけか小声で謝った。

「それくらい、しまちゃんはママさんにも信頼されているということよ。私もママさんにそういってもらえてうれしいわ」

部活のお辞儀をしたしまちゃんは、早速、仕込みの準備をはじめた。一度いったことは忘れずにやってくれるし、アキコの気持ちを感じ取って、いわなくても次々に段取りをこなしてくれるので、本当に助かる。服が汚れるからいやだと、オーナーに掃除をさせるアルバイトのお嬢さんに比べたら、雲泥の差だ。しかしそのお嬢さんも憎めないところがあるのは事実なのだ。ママのコーヒーを淹《い》れる腕もあるけれど、お嬢さんが店にいる効用も、多分にあるとアキコは思った。

冬や春の寒い日には、ジャガイモや野菜がごろんと入ったボリュームのあるスープに人気があり、暖かい日にはさらっとしたスープに注文が集中する。これまではどちらかのスープがなくなった時点で閉店していたが、最近は天候不順によって極端な偏《かたよ》りが出るようになってきた。

「天気予報をチェックして、出そうなほうのスープの量を調整したほうがいいのかな」

アキコが玉ねぎを切りながら、しまちゃんにアドバイスを求めた。

「うーん、そうですねえ」

彼女は人参《にんじん》を切る手を止めて、アキコの顔を見た。

「大きなお店ならそれも可能ですけれど、他のスープがまるまる余るわけでもないので、これまでのやり方でいいんじゃないでしょうか。朝は寒くても昼すぎから気温が上がる日も多いですし」

そういい終わると彼女ははっとした顔になって、さっきまでの倍のスピードで人参を切りはじめた。アキコは気をつけてと声をかけた後、

「そうねえ、そのほうがいいかな。へたにあたふたしないほうがいいかもしれないわね。それよりもメニュー開発をしたほうがいいかもしれない」

と続けた。

「そうですね、そのほうがいいと思います」

しまちゃんはアキコの顔を見た後、またハイスピードで人参を切りはじめた。

「大丈夫よ、そんなに急がなくても」

「いえ、手を止めてしまったので」

どこまでまじめな人なんだろうと、アキコは感心しながら、まな板の上に玉ねぎの山を築いていった。

寸胴鍋《ずんどうなべ》の中のスープも出来上がり、もう一度、テーブル、椅子《いす》を拭《ふ》いて開店準備ができた。お客様は二組、並んでくださっている。

「それでは看板をお願いします」

「はい」

しまちゃんが、メニューを書いた看板を出して、お客様を店内に案内してくれたのと同時に、ママの店からお嬢さんがコーヒーをのせたトレーを手に出前に行った。

ふだんは午後からコーヒーの出前が集中するのに、昼前からというのは珍しかった。商店街ではお客さんが来たときに、コーヒーの出前を取る店も多い。彼女の淡いクリーム色の、短い丈のワンピースから伸びた細い脚が、いつまでもアキコの目に残っていた。

その日は風は強かったものの比較的気温は高く、夕方の四時にはミネストローネ、クリーム、野菜ごろごろの三種類のスープはすべて売り切れた。売れ残ると持ち帰りにするけれど、やはり寸胴鍋がすべて空になってくれるとうれしい。外の看板を中に入れて、ドアに「クローズ」の札を下げると、今日も無事に終わったとアキコはほっとする。それからがアキコとしまちゃんの昼食である。

「しまちゃん、おにぎり食べる？　作ってきたんだけど」

アキコはおにぎりを包んだ紙を開けた。

「いいですか、うれしいです」

中には海苔《のり》に包まれた、御飯粒が光ったおにぎりが三個入っていた。二人なのに三個としま

ちゃんは首を傾《かし》げたが、以前、同じようにアキコからのおにぎりをもらって食べたとき、帰りぎわに、

「今夜はボリュームのあるものを食べます」

といったのを、覚えてくれていたのではとはっとした。

「しまちゃんは担当が二個だからね」

「……すみません」

「やだ、どうして謝るの？　今、お味噌汁《みそしる》作るね」

アキコは笑って立ち上がりかけた。

「ああ、私が作ります。いえ……あの……」

しまちゃんは賄《まかな》い用の小鍋を棚から出して、店には出せない野菜のはしっこを集めて味噌汁を作りはじめた。

「しまちゃん、私には卵を落としてね。しまちゃんもでしょ？」

「はい、すみません」

「やだなあ、どうしてそんなに謝るの」

アキコはおにぎりを包んできた紙の皺《しわ》を指先で伸ばしながら、彼女の顔を見た。しまちゃんはくちびるを一文字に結んで、味噌汁を作っている。

アキコが店の外を眺めていると、明るい色の服を着た女の子たちが通っていく。ファッションも楽しめる季節になったから、この町もまた賑《にぎ》わうだろう。そしてまたママの店のドアが開いて、お嬢さんが出てきた。また出前だ。

「今日もママさんのお店は大繁盛ね。お嬢さんが何度も出入りして忙しそう」

そうしまちゃんに話しかけたとたん、アキコははっと息を呑《の》んだ。お嬢さんの持っていたトレイがひっくり返ったかと思ったら、店内の奥にいても聞こえるほど大きな音がした。道路には割れたコーヒーカップが散乱して、音に驚いた通行人が振り返っていた。アキコは急いで箒とちりとり、ゴミ袋を持って外に出た。

「大丈夫？」

「落としちゃった」

お嬢さんは苦笑して立ち尽くしている。ワンピースの下のほうにコーヒーが飛んで、茶色のしみを作っていた。ママもすかさず外に出てきて、

「今、作るから」

と彼女に声をかけてすぐにまた引っ込んだ。しまちゃんも出てきたが、ここは大丈夫だからと店に戻ってもらった。割れたカップをゴミ袋に入れ、散らばった破片を掃き集めて、あっという間に道路はきれいになった。

「これでいいわ。火傷《やけど》しなかった？」

「大丈夫で〜す。ありがとうございましたあ」

お嬢さんは深々とお辞儀をした。アキコはあまり前屈をしすぎると、後ろを歩いている人に、下着が見えるのではないかとひやひやした。

「このところ忙しそうだったものね」

「そうなんですよお。ついあせっちゃって」

二人の会話に割って入るようにして、

「はい、いってらっしゃい」

とママがコーヒーカップを四個のせたトレーを、お嬢さんに手渡した。

「どうも、ありがとうございました」

彼女があぶなっかしい手つきでトレーを持つのを見て、アキコは御礼をいわれても、そちらのほうが心配で、

「気をつけてね」

と声をかけるしかなかった。

店に戻ると野菜と卵の味噌汁が、賄い用の漆《うるし》のお椀《わん》に入れられて湯気を立てていた。

「ありがとう」

「いいえ」

二人で味噌汁を口にして、同時に、

「はああ」

とため息をついてしまい、顔を見合わせて笑った。

「いただきます」

しまちゃんが小さく頭を下げて、おにぎりを手にしてひと口食べた。

「それ何だった?」

アキコがしまちゃんの手元をのぞきこんだ。

「梅干しです」

「ああそう。私はこっちにしようかな」

アキコのおにぎりはちりめん山椒《さんしょう》だった。

「この梅干し、おいしいですね」

「昔はね、母が梅干しを漬けていたけど、これは買ったものなの。母のは減塩なんて関係ないから、口に入れたとたんに震えちゃうくらい酸っぱくて固かったけど、最近のは塩気が少ないし甘いのも多いわね」

しまちゃんはうなずきながら、黙々と食べている。

「ねえ、さっきどうしてあんなに謝ったの」

アキコは味噌汁の中の、大好きな卵を崩しながら聞いた。

「ああ、あれは……。前にアキコさんがおにぎりを持ってきてくださったとき、帰り際にお腹《なか》が空《す》いたようなことをいってしまって……。それを覚えていてくださったんじゃないかなって」

アキコはしばらく考えていたが、

「ああ、そういうこともあったわね。あのとき一個ずつだったのは、お米がなくなって御飯がそれしか炊《た》けなかっただけよ。深いわけはありません」

「でもそれで、私の分を余計に……」

「しまちゃんのほうが若いんだから、食べる量が多いのは当たり前よ。今日が三個だったのは、お米の在庫があって、しまちゃんはこの大きさだったらやっぱり二個食べるだろうなって思っただけのことよ。気にしないで」

「すみません」

「ほーら、また謝った」

「すみません、部活でいつも謝っていたので、簡単にすみませんっていっちゃうのが……」

「そっちのほうが問題じゃないの」

アキコはあはははと笑うと、しまちゃんも小声で、そうですねといって顔を赤くした。しまちゃんが手を伸ばした残りの一個のおにぎりは、高菜とひき肉の炒《いた》め物が中に入っていた。

「ごめんね、それ冷蔵庫の在庫整理」

「いえ、とてもおいしいです」

二人でのんびりと遅い昼食を食べながら、外を行き交う人を眺めていた。中には店をのぞきこんでくる人もいて、ぎょっとしたりもしたが、どことなくのんびりとした雰囲気が漂ってきていた。そこへ左側から走ってくるお嬢さんが登場した。アキコが気になっていた、彼女のワンピースの汚れはきれいになっていた。

「あら、また出前だ」

「忙しそうですね」

しばらくするとまた、トレーを持って店を早足で出ていった。するとママが眉間《みけん》に皺を寄せて、ひょこっとドアのすきまから首を出し、左、右と見るとまた首を引っ込めた。その姿が面白くて、二人は同時に声を上げて笑った。

「どうしたんでしょうか」

しまちゃんは必死に笑いを堪《こら》えている。

「きっと急いで出かけていったから、またトレーをひっくり返したり、転んでないかと心配になったんじゃないのかしら」

「はあ、なるほど」

お客様には出せない、熟しきったトマトを食後に食べながら、二人はぼんやりと外を眺め続けた。カップがのったトレーを持ってお嬢さんが戻ってきた。出前をしたところから回収してきたらしい。アキコは彼女が出戻る前にママが、出前に行ったついでに、その前に行ったところに寄って、空いたカップを引き取って持ち帰るという頭がない。出前、引き取りと、そのつど外に出るので、無駄足をふんでいると彼女の愚痴をいっていたのを思い出した。それが少し改善されたらしい。

できればこのままのんびりと座っていたかったが、そうもいかないので、二人は精神的に自分で自分のお尻《しり》を叩《たた》いて、あともう少しと奮い立たせた。

「しまちゃん、新しいメニューなんだけど、ボリュームのあるサラダはどうかな。サンドイッチがボリュームがあるのと、どっちがうれしいかな」

「どっちもうれしいですけれど、やっぱりサンドイッチがボリュームがあるほうが、うれしいかな。サラダもバリエーションがあるほうがいいかもしれないですね。少ないのとボリュームがあるのと」

「じゃあ、数を増やしてみる？」

「そうですね。それもいいかもしれませんけれど……。食材の無駄が……」

「そうなんだけど、あまりそういうことばかりを考えてもね。いざとなったら、また私たちのお持ち帰りで。それがいつもになるとちょっとまずいんだけど」

お客様の感想を聞くために、食後にあれこれ聞いてくるお店もあるけれど、アキコはそれはしたくなかった。正直にいう人はまれで、面と向かってまずいとはいわない。本音はSNSで書くのである。開店した直後は、そういったブログやツイッターなどでの感想を耳にしたこともあるが、最近はまったく見ないし気にしていない。だからこそこちらから提供するものに神経を使わざるを得ない。

「最近、野菜がごろっとしたものが食べたいのね。そういった野菜をドレッシングで和《あ》えたいんだけど、ドレッシングの量は少なめでね。野菜を食べるっていう感じかな」

「そういえば、この間の休みの日に、奴《やつ》がランチに連れていってくれたんですけど、そこのサラダはおいしかったです」

「シオちゃん、相変わらず優しいわね」

「さあ、どうなんでしょうか」

しまちゃんはシオちゃんに対して相変わらず冷たかったが、そのサラダはベビーリーフのみで供されたという。大きなお皿に山盛りになっていて、こんなにたくさんと驚いたのだが、おいしくてあっという間に食べてしまったという。

「日もちはしないけれど、春らしくていいかもしれないわね」

アキコはお世話になっている、野菜生産者に聞いてみようとメモに書きとめておいた。

「いろいろとアレンジできそうね」

「ああいうサラダって大ぶりのレタスが入っていると、大きな口を開けなくちゃならないじゃないですか。そうじゃなくても食べられるのでそれもよかったです」

しまちゃんからそういった感想が出るのは意外だったが、それについてはアキコは黙っていて、

「ああ、そうね」

とそれもまたメモに書いた。

食器もすべて洗い終わり、テーブルを拭き、床を掃き、椅子を整えて片づけは終わった。

「一日、お疲れ様でした」

二人はお互いに頭を下げた。ふと外を見るとまたまたお嬢さんが、トレーを手に出前に出かけた。

「お嬢さんも疲れちゃうわね」

ぽつりとアキコがいうと、しまちゃんが、

「親切で雇ってもらったのに、すぐ早退したりするんですから、働けるときは一生懸命働かないとだめですよ」

とぽつりといった。

「このごろお土産《みやげ》がなくてごめんね」

「いえ、お店のためにはそのほうがいいので。お先に失礼します」

「シオちゃんにもよろしくね」

「奴は今、生意気に私にネコを預けて出張中なんです」

出張を生意気といわれたシオちゃんが気の毒だった。

「毎日、いやになるほどＬＩＮＥがきて、疲れたとか足が痛いとか、頭が痛いとか、枕《まくら》が変わると眠れないとか、ぐずぐずいってくるんです」

「甘えてるんじゃないの、しまちゃんに」

「そこが困るんです。昨日も腹が立ったので、『そんなことじゃ、世の中は乗り切っていけねーだろ』って送信して、あとは無視してやりました。奴のネコちゃんは本当にかわいいんですけどねえ」

アキコはわき起こってきた笑いを堪えながら、帰るしまちゃんと一緒に店の外に出て、シャッターを下ろした。ああ、今日も無事終わったとほっとしていると、お嬢さんが回収したカップや皿をトレーにのせて、小走りに戻ってきた。

「ご苦労様」

「あ、どうも。何だか出前ばかりで……」

お嬢さんは何度も小さく頭を下げながら、店に入っていった。入れ替わりにママが出てきた。

「今日はありがとうございました。お嬢さんが棒立ちになっているときに、掃除までしていただいて、すみませんでした」

ママは深々と頭を下げた。

「やだ、やめてくださいよ。でもお嬢さんが怪我《けが》をしなくてよかったです」

「まあねえ」

ママはそういった後、ふーっとため息をついた。そのため息のなかに、複雑な思いがあるのだろうなとアキコが想像していると、ママは突然、早口になって、さすがに若くて美人の威力はすごい。お嬢さんが戻ってきてから、特に出前の注文が二倍、三倍に増えたと話しはじめた。

「やっぱり、いくらコーヒーの味がよくても、ばばあ一人じゃだめなんだねえ。はっきりとわかりましたよ」

苦笑するママにアキコは、

「そんなことはないですよ。味とママのキャラクターとお嬢さんと、それぞれ秀でた三つが合体したんですよ」

といった。

「ふふ、うまいことというね、アキちゃん。ますます商売人っぽくなってきたんじゃないの」

アキコがえっと驚いていると、ママは笑いながら、

「お疲れ様。今日は本当にありがとう」

と店の中に入っていった。そうか、商売のことは何もわかっていないと、ママにいわれ続けてきたけれど、少しは店を切り回す女店主として、認められたのかもしれない。

自室に上がると、まってましたとばかりに、たいとろんの二つの弾丸が、アキコに体当たりをくらわせてきて、よろめきそうになった。その子たちに御飯をあげ、鳥の羽根がついたねこじゃらしを手にしてそれを動かすと、巨体なのにものすごい勢いでジャンプを繰り返した。着地するたびに、どす、どすと音がする。二匹とも目の色が変わって興奮していた。そのうち遊び疲れたのか、水を飲み、

「ふうう」

と息を吐き、アキコの足元にすり寄ってきて、「撫《な》でて」と催促してきた。兄弟だからか二匹ともほぼ行動がシンクロしている。

「はい、わかりました」

アキコは畳の上に座った右足にたい、左足にろんをのせ、それぞれ右手、左手で二匹を撫でてやった。「んごー」「ふごー」「んがー」と大満足の音を体内から発していたが、そのうちそのまま二匹とも寝てしまった。こうなるとしばらくは何もできなくなる。二つの大きな重りを足の上に乗せたまま、アキコは手を伸ばして棚の下段に入れてあった、野菜料理の洋雑誌を取り出した。しまちゃんのアドバイスもあったし、次のメニューも考えたい。足がしびれそうになるのを感じながら、二つの巨体が目を覚ますまでアキコは雑誌のページをめくり続けた。

翌日アキコは、しまちゃんと相談しようと、いくつかのアイディアを紙に書いてポケットに入れておいた。仕入れから戻ってきてしばらくすると、ママの店のお嬢さんが、ひらひらのワンピースにハイヒール姿で出勤してきた。

「もうちょっと、働きやすい服にしたらどうなんですかねえ」

相変わらずしまちゃんは彼女に対して厳しかった。アキコは苦笑しながら、しまちゃんに新しいメニューについて提案した。ひとつは彼女がいっていた、ベビーリーフのサラダで、たっぷりのベビーリーフにドレッシングはほんの少しで、パルミジャーノ・レッジャーノを極薄にスライスして、上にのせるのではなく、ベビーリーフの間にまぜ込む。もうひとつはサラダほうれん草、ベビーリーフ、くるみのサラダで、ドレッシングはマスタードにはちみつを混ぜたもの。もうひとつは小さなジャガイモを半分に切ったもの、プリーツレタス、ベビーリーフ、紫キャベツ、玉ねぎを入れる。

「最後のはドレッシングに、またかといわれるかもしれないけど、レモンジュースを使いたいのよね。白ごまを使おうかどうかは迷ってるの」

「どれもおいしそうですね。あとはスープとのバランスですね」

「しっかり食べたい人は、両方ともボリュームがあるものを選んでもらえばいいし、量については融通をきかせればいいと思うの」

「でもベビーリーフは、どんっとお皿に盛られてきたほうが、うれしいですよね」

「そうね、ちょっとだけだとわびしくて、量も小鳥が食べるくらいの分しかないものね。しまちゃんの意見をあとで聞かせてね」

二人はいつものように仕込みに入り、まな板の上にカットした野菜の山を築いていた。最寄り駅には特に桜の名所はないが、広い道路の先に私立の小学校から大学までの一貫校があり、そこの校庭には大きな桜の木が何本も植えられていて、花が咲くととても見事だった。今までは近所の人々だけが知っていたが、ＳＮＳによって場所が拡散され、立派なデジタル一眼レフカメラを片手に訪れる年配の男性も多くなった。商店街を歩いている人を店の中から眺めていると、そういう人たちは、若者が集まるカフェではなく、昭和の匂《にお》いがするママの店に吸い込まれるように入っていった。

　そのせいもあってか、アキコの店にはじめて来店するお客様も増えた。年配のご夫婦も入店してくれて、花以外、特別に何の設《しつら》えもしていない、無愛想な店内を興味深そうに眺めていたりする。天気がよく風もない日だったので、いつになくお客様が多かった。開店から午後三時すぎまで、ひっきりなしにお客様があって、ふだんよりスープをどれも多めに仕込んだものの、アキコはスープが足りるかどうか、ひやひやしていた。

　嵐《あらし》のような時間が過ぎ、二人は「久しぶりに盛況だった」と顔を見合わせた。

「お客様、いらっしゃるかな。今のうちにお昼、どうぞ」

　アキコにそういわれて、しまちゃんが厨房《ちゅうぼう》の奥に歩いていこうとしたとたん、

「あら、いらっしゃい」

　とアキコが声を上げた。

「こんにちは」

　店に入ってきたのは、スーツケースを引いた、シオちゃんだった。

「どうしたの、いったい」

　奥に入りかけたしまちゃんは、あわてて戻ってきてシオちゃんをにらんでいる。

「いや、あの、しばらくごぶさたしているので、ご挨拶《あいさつ》をと思って。あ、アキコさん、いつもうちの、あっ、あの、しまちゃんがお世話になっております」

「いいえ、こちらこそ。今帰り？」

シオちゃんは羽田空港からまっすぐ店に来てくれたのだった。

「ひとこと連絡してくれればいいのに」

しまちゃんは急に不機嫌になった。

「あ、そうだね、ごめんね」

シオちゃんはひたすらしまちゃんに謝りながら、

「あのう、お土産なんですけれど、お口に合うかどうかわかりませんどすが」

緊張のあまり、妙な言葉遣いになったシオちゃんは、「あっ」と声を出し、小声で「すみません」と謝った。

「ご丁寧《ていねい》にありがとうございます」

「えーと、これと、これと、これと」

次から次へと大きな紙袋から袋を三つ渡されて、アキコはびっくりした。

「えーっ、何それ」

しまちゃんはシオちゃんの横に立ち、大きな紙袋の中をのぞき込んだ。

「あのう、どれがお好みかわからないので、甘いのや辛いのや、いろいろ買っちゃいました」

しまちゃんは顔をしかめた。これはシオちゃんが得意の「下手な鉄砲も数打ちゃ当たる」方式で、選んだものがひとつだと、それをはずしたときが怖いので、いくつも保険をかけるのだという。

「アキコさんにまで、こんな……」

呆れるしまちゃんをなだめつつ、アキコは礼をいって袋の中身を見た。せんべい、パウンドケーキ、和菓子の三種類だった。

「そのせんべいは、イカとタコと明太子《めんたいこ》が入っているんです」

「へえ、そうなの。はじめてだわ」

アキコとシオちゃんのやりとりを、しまちゃんはむっとして眺めていた。

「ありがとう、疲れているのに気にかけてくださって。お腹、空いてない？」

「あ、あのう、空いています」

「なにい？」

しまちゃんは目を剝《む》いた。

「昼御飯くらい食べてきなさいよ。どこまで甘えれば気が済むのよ」

いい終わったのと同時に、女性の二人連れのお客様が入ってきた。しまちゃんはすっと背筋を伸ばして、

「いらっしゃいませ」

と二人を席に案内した。その間にアキコはシオちゃんにメニューを見てもらった。オーダーを取って厨房に戻ってきたしまちゃんに、「お店に入ったら、みなさんお客様だからね。わかっているわよね」

と優しく小声でいった。

「はい」

しまちゃんは大きくうなずき、それでもまだ不満そうな雰囲気を肩のあたりに漂わせて、棚から食器を取り出していた。

3

いつものように仕入れを終え、店の前を掃除し、仕込みをしていると、出勤してきたママが丈の長いエプロンをつけて、自分の店の前の掃除をはじめた。さすがにワンピースの上にジャージーのズボンを穿《は》くのはやめたようだ。そしてママが掃除を終えた頃、のんびりと歩いてお嬢さんがやってきた。アキコがちらりとしまちゃんの顔を見ると、相変わらずむっとした顔を

していた。漫画の吹き出しをつけるなら、

（まだママさんに迷惑をかけてるのか。いい加減しゃきっとしろよ）

だなと、アキコは苦笑して、大量の玉ねぎをカットする作業を続けた。

「おはよう」

ワンピース姿のママが店に入ってきた。

「おはようございます」

二人が頭を下げると、

「ああ、いいの、どうぞそのまま続けてちょうだい」

ママはそばにある椅子《いす》に座り、

「はああ」

とため息をついた。

「こんなとき、つい煙草《タバコ》を吸いたくなっちゃうんだけど、やめたからね。ストレスが溜《た》まっている証拠かねえ」

テーブルに頬杖《ほおづえ》をついて、ぽつりといった。

「大丈夫ですか。お疲れだったらたまにはお休みしても」

アキコが声をかけると、隣でしまちゃんがうんうんとうなずいた。

「休みたいのはやまやまですけどね。おかげさまでお客様も増えてくれて、休むタイミングを逃しちゃってねえ」

「このところ、本当にお忙しそうでしたものね」

「ありがたいことでね。だけどねえ、あたしの仕事をまかせられる人がいれば、お店は開けても休ませてもらえるけど、あの調子じゃあ」

「お嬢さんはコーヒーを淹《い》れる勉強はしてないんですか」

「勉強なんてとんでもない。満足に出前だってできなかったんだから。本人もやる気はないし、あたしも教える気はないな」

「それはママさんの負担が大きいですよね」

「お嬢さんが戻ってきて、お客さんが増えたのはいいんだけど、それが全部あたしのところにきちゃうわけでしょう。そりゃあ、売り上げが増えるのはうれしいけど、あたしだってこの歳《とし》だからさ、つらいときもあるのよ」

「それはそうです」

「かといってもう一人雇うのは無理だし。そうそう、お嬢さんが独身になったって話したら、その噂《うわさ》がわーって広まって、目当ての男の人が増えたのよ。みんな相手を牽制《けんせい》しながら、表面上はカウンターで仲よく話しているんだけどね。そのうちの一人が誘おうとすると、他の男の人たちが、ちょっと待て、みたいな感じになるのよねえ。昨日もそれを見た不動産屋のおじさんが、争奪戦っていうか、三すくみ状態だなっていってたけど。そういう意味では面白いけどね」

はあ～とまたママはため息をつき、

「ふふ」

と小さく笑った。

とにかく無理をしないように、週に一日休んでもまったく問題ないのではと、アキコが話すと、

「そうねえ、そうなんだけどねえ」

と小さな声でいう。

「うちも代わりがいないから、休まないと体が持ちません。他のお店よりも営業時間が短いから休んでいるはずなのに、最近はそれでももう一日、休みが欲しいくらいです」

「アキちゃんでもそうなんだものね。気持ちはがんばれるんだけど、体がねえ。ついてこないからねえ」

今朝のママはめずらしく弱気になっていた。

アキコはとにかく、

「休みはきちんと取りましょう」

と勧め、しまちゃんも一生懸命、隣で首を縦に振って賛同の意を表していた。

「そうだねえ、考えてみるかねえ」

ママが椅子から立ち上がりかけたとたん、しまちゃんが、店の外を見て、「あっ」と小さな声を上げた。思わずアキコとママが外を見ると、店内をのぞいているスダさんの姿があった。

「おや」

ママが声を上げたのと同時に、アキコは急いでドアを開けた。

「あっ、アキちゃん。ごめんよ。忙しいときに」

「いいえ、お久しぶりです」

「いや、どうも、こちらこそごぶさたしちゃって」

彼は顔をこわばらせながら、何度も頭を下げた。

「ちょっと、あんた、何よ。アキちゃんの店にもうちにも来てくれないじゃないの。どうしたのよ」

ママが椅子に座り直して、大きな声を出した。

「ああ、ママさん、ごぶさたしちゃって、すみませんね」

スダさんは本当にすまなそうな顔をした。

「何か……」

「ああ、あのさ、ヤマダさん、知ってるでしょ。おととい亡くなったんだって」

「えっ……」

「おれたち、アキちゃんの店に行かなくなっちゃって、肩身が狭かったんだけど、お母さんが倒れたときに、一緒にその場にいたから。アキちゃんには教えたほうがいいかなって思って。余計なことだったらごめんね」

「とんでもない。ありがとうございました」

スダさんは葬儀の日にちと場所をアキコに教えてくれた。

「じゃ、また。ママさんも、失礼します」

人のいいスダさんは手をひょいっと挙げて急いで店を出ていった。また知り合いの店に報告に行くのだろう。

「スダさんやヤマダさんは、母が倒れたときに病院に連れていってくれたんです。この店を出したときも、常連さんたちから不満をいわれた私をかばってくれて」

ママは黙って聞いていたが、しばらくして口を開いた。

「あの人たち、あっちの道路の傍《そば》の店に、縄張りを変えたんでしょ」

「ええ、私がこういう店にしたものだから、常連さんの居場所がなくなったんです」

「アキちゃんのせいじゃないよ。店だって経営者の事情っていうものがあるんだから。ずーっと同じっていうわけにはいかないんだからさ」

「うーん、でも、ちょっと心苦しいです」

「関係ないよー」

ママさんは大声になった。

「関係ないよ、アキちゃん。堂々としていればいいんだよ。いい店じゃないの。女手一本で店を続けるっていうのは、大変なことなんだよ。それを褒《ほ》めて喜んでやればいいのに、自分の居場所がないとか、文句をいうのは、図々しいんだよ。甘えるんじゃないっていうのよ。やだねえ、本当に。あっ、何だか元気が出てきた」

ママは肩をぐるぐる回しながら立ち上がり、

「お邪魔さま」

といって出ていった。しまちゃんは、ママさんは人の悪口をいうと、元気になるんですねとしみじみとした口調でいった。

「うちで思いっきり発散してもらいましょうか」

アキコは笑いながら玉ねぎカットに戻ったものの、亡くなったヤマダさんを思い出すと、何ともいえない気持ちになった。

母が倒れた病院で、スダさんと一緒にずっと付き添ってくれたり、アキコの店の料理を食べて、味が薄いとか刑務所のようだといった常連さんに対して、たしなめてくれたりと、アキコにも気を遣ってくれた人だった。残念ながらアキコの店に一度来て以来、顔を合わせることはなく、縁は途切れてしまったが、彼がしてくれたことにはとても感謝している。申し訳ないという気持ちが、ずっと胸の中から離れなかった。彼に対して何の御礼もできないまま、亡くなってしまった。

アキコが話しかけない限り、しまちゃんはぺらぺらと喋《しゃべ》らない人なので、その日の仕込みはとても静かにはじまり、とても静かに終わった。そしてそれとはまったく関係なく、お嬢さんは相変わらず、ひらひらしたワンピースを着て、おっとりとそしてばたばたと、店と出前先を何度も往復していた。

その夜、たいとろんの相手をして、夜十時に早めにベッドに入った。二匹が追いかけっこをしている、どすどすという足音が隣の部屋から聞こえてきているが、自分のところには飛び火してこないので、アキコはじっと目をつぶった。しかしなかなか寝付けない。ヤマダさんに対して申し訳ないという気持ちが、どうしても払拭《ふっしょく》できなかった。亡くなった母親よりも少し年上で、一般的には後期高齢者の枠に入るような年齢なので、仕方がないといえば仕方がないのだけれど、もしも彼が楽しめるような店だったら、もう少し長生きしてもらえたのではないかと考えると、ため息しか出てこない。

ヤマダさんはスダさんが連れてきたお客さんだった。両親が亡くなって家を引き継ぐために引っ越してきたと、中学生のときに母から聞いた覚えがあった。それからは母の店が気に入ったらしく、毎日、やってきていた。母は、

「スダさんとヤマダさんがいてくれると、安心できる」

と常々いっていた。常連さんというよりも、友だちだったのだと思う。学生のアキコにもいつも優しく声をかけてくれた。母が倒れたときに、彼らと一緒にいたのは、本当に運が良くありがたかったと感謝している。彼に感謝すればするほど、

「なのに自分は……」

という気持ちがわいてきて、どうしようもなく目が冴《さ》えてきた。アキコはベッドから出て、温かいミルクでも飲もうと、台所に行くと、たいとろんは、

「わあ、おかあさんが起きてきたあ」

と大騒ぎで、二匹でわあわあ鳴きながら、足元にまとわりついてきた。冷蔵庫を開けるとよりテンションが高くなり、自分たちのために、おやつがもらえるのかもと、目を輝かせている。

「違うのよ。これはおかあさんの。たいちゃんもろんちゃんも、さっきいっぱい食べたでしょう」

そういっても二匹の鼻息は荒く、

「何をくれるのか？　おいしいものか？　それは何だ？」

とアキコが手にした牛乳パックをじーっと見ている。牛乳を小鍋《こなべ》に入れて温めていると、さすがに二匹も、「違ったようだ」と理解したらしい。しかしそこで引き下がらないのが、食欲旺盛《おうせい》なオスネコ二匹である。椅子に座ってホットミルクを飲んでいるアキコの足元にすがり、膝《ひざ》の上に乗ってホットミルクの匂《にお》いを嗅《か》ぎ、そして二匹できちんとお座りして、アキコの顔を見上げ、

「くださあい、何かくださあい」

と大合唱をはじめた。その熱意に負けたアキコは、棚の上の小さなバスケットのなかに入っている、ネコ用のささみのおやつを取り出した。それを見た二匹のテンションは最高潮になり、

「うわああ、うわあああ」

とこちらも一段階大きく高くなった声で、鳴きはじめた。

「はいはい、わかったから、そんな大声で鳴かないのよ」

二匹の鳴き声があまりに大きくて、ますます目が冴えてきてしまった。二つのネコ皿にささみを分けて入れると、

「んごー、ふごー」

と鼻息が荒くなり、身をほぐしているアキコの指まで嚙《か》みそうな勢いで食べはじめた。

「あなたたちは元気だねえ」

手を洗って、ふたたびホットミルクを飲みながら、二匹を見ていた。ころころとした大きな毛の塊《かたまり》二個が、一心不乱に食べている。たまに、「んぐ」といって首を伸ばすのは、あせって喉《のど》に詰まらせているのかもしれない。

「たいちゃんもろんちゃんも、あとでお水を飲んでね」

ふだんは声をかけると、ちゃんと返事をするのに、目の前のささみを食べるのに一生懸命で、返事をする余裕もないらしい。

あっという間にささみを食べ終わった二匹は、お互いの空になった皿の匂いを嗅ぎ、残り物はないとわかると、前足をちょこっと曲げて、自分の顔を撫《な》ではじめた。これが出ると満足した証拠なのである。自分の顔のお手入れが終わると、今度は、お互いの体をなめはじめた。

「仲よしでいいねえ」

二匹はちらりとアキコのほうを見て、小声で、にゃんと鳴いた後、相手の毛繕《けづくろ》いをしてあげたり、自分もしたりを繰り返していた。そしてそのうち大あくびをして、目が半開きになってきた。

「お腹《なか》がいっぱいになると、眠くなるね。寝てください」

二匹はうーんと伸びをしたり、あくびをしたりしながら、自分たちのベッドに近づき、そこで横になってぼんやりしていた。アキコもそれを見ているうちに眠くなってきて、

「じゃ、お休みね」

とネコたちに声をかけてベッドに入った。そして何も考える暇もなく、寝入ってしまった。

ヤマダさんの通夜に参列するために、アキコは店を閉めた後、また喪服を着ることになったと思いながら、徒歩で近くの寺に向かった。そこにはすでにスダさんがいた。

「アキちゃん、悪いね、忙しいのに」

と何度も頭を下げた。

「そんなことはないですよ。ヤマダさんには本当にお世話になったから」

母の店の懐かしい顔の常連さんも集まっていた。みんなアキコの顔を見ると、バツが悪そうな顔をして会釈をした。場所が場所だけににっこり笑うわけにもいかず、アキコは丁寧に頭を下げてその場を離れた。会場のいちばん後ろの隅の椅子に座っていると、誰かが近づいてきた気配がしたので横を見ると、喪服姿のママさんが隣に座った。

「深い付き合いじゃないけど、スダさんが来たとき、同じ場所に居たからさ。知らんぷりするわけにいかないでしょ」

彼女はアキコの耳元でささやいた。アキコは黙ってうなずいて、ヤマダさんの遺影を眺めた。

豪快に笑っている顔だった。ああいう表情は母の店で見た記憶があった。

「順番でみんなあっちに行くからね。仕方ないよね」

ママはあっさりといった。

「そうですよね、私もそうだもの」

「アキちゃんはまだ間があるけどさ、あたしなんか目の前に迫ってる感じよ。特に最近、いろいろと心臓に悪いことばかりでさ。いやになっちゃうよね」

ママは心の底から困っている風ではなく、またあっさりといった。

ヤマダさんのご遺族の奥さんも娘、息子さんたちも、落ち着いているようにみえた。だからといって悲しみが癒《い》えているわけではなく、突然、襲ってきたりするのだろう。

「ヤマダさんは、ずいぶん家作があるらしいよ」

ママさんがささやいた。

「ヤマダさんはひとり息子だけど、奥さんと両親の折り合いが悪くて、同居しないで離れて住んでいたんだって。それがお父さんもお母さんも亡くなったから実家に戻ったっていってた。神奈川のほうにアパートを三棟か四棟、持ってるらしいよ」

アキコがはじめて聞いた話だった。母からもそんな話を聞いた覚えはなかった。あれだけ毎日通ってくれていたので、彼の家の事情も知っていたはずだが、娘には話さなかったのかもしれない。

式がはじまる前に、奥さんたちが挨拶に来てくれた。スダさんが間に入って、アキコとママさんを紹介してくれた。

「母の店によく来ていただいて、ありがとうございました」

アキコが礼をいうと、奥さんは、

「ああ、カヨさんのお店ね。お父さんは本当にお店が気に入っていて。ほとんど毎日、行ってたでしょ。お世話になりました。今はとてもお洒落《しゃれ》なお店になってますよね。御一人でがんばっていらしてご立派ですね」

といってくださった。

「ありがとうございます。みなさまのおかげで何とかやっていけています」

娘、息子さんたちはうなずきながら話を聞いてくれて、

「お忙しいのにありがとうございます」

とまた頭を下げてくださった。ママにも同じように丁寧に挨拶をし、斎場の担当者に式がはじまるからとうながされて、急いで遺族席に戻っていった。

滞りなく通夜は終わり、アキコとママは通夜ぶるまいを一口だけ食べて、一緒に帰ってきた。駅からは次々に人があふれ出てきて、道路いっぱいに人が歩いている。その流れのなかを喪服

姿で逆流していく二人の姿は違和感があった。

「お店、どうしているんですか」

「留守番はお客さんに頼んできた。あたしが戻るまでコーヒーは出せませんっていってくれって。いまの時間帯はいちばんお客さんが少ないし。お嬢さんは今日は早退でございます」

「そうなんですか……」

二人が店の前にたどりつくと、アキコの店の前で学生風の若者五人がじゃれあっていて、店のシャッターに一人を押しつけて、他の四人がふざけて殴りかかるふりをしていた。そのたびにシャッターに彼らの重さがかかって、音を立てて波打っている。

「ちょっと、あんたたち」

ママが大股《おおまた》で歩み寄って彼らに声をかけた。びっくりした五人がこちらを見ると、

「そこは他人様《ひとさま》の店の前だし、シャッターがゆがんだりするから、そんなことしちゃだめだよ」

と注意した。

「あ、すみません」

彼らは急におとなしくなり、ぺこっと頭を下げて、さーっとその場を離れていった。

「ママさん、すみません……」

「まだあの子たちは素直だからいいけど、逆ギレするのも多いからねえ。『てめえには関係ないだろう』とかいってさ。あの子たちはまだましだよ。じゃあ、また。お疲れさま」

ママは自分の店のドアを開けたとたん、

「お留守番、ありがとうございました。助かりました」

と明るい声を出した。アキコはその背に向かって小さく頭を下げて、自分の部屋に戻った。

いちおう婚約中のしまちゃんだが、シオちゃんとの関係は相変わらずだった。アキコが見た限り、シオちゃんはこれまで自信なさげだったのが、結婚が決まってからは、堂々とはしていないが、落ち着いてきたように見えた。しかし照れ隠しなのかどうなのかはわからないが、しまちゃんはシオちゃん関係の話題になると、不機嫌そうになった。シオちゃんが好きだから、結婚を承諾したのだろうけれど、婚約中の女性のような幸せそうな雰囲気は皆無で、それどころか、

「いつでも婚約破棄する準備あり」

といった態度だった。結婚式も住居も決めていないまま、月日が経《た》っている。

アキコは逆にしまちゃんが話しにくいのではと、

「式は決まったの」とか「まだ一緒には住まないの」と、仕込みのときにさりげなく聞いてみた。しかしいつも返ってくるのは、

「まだです」

という言葉ばかりだった。シオちゃんの飼いネコのアーちゃんと一緒に住むのは、いつでもいいけれど、シオちゃんと同居をするのは面倒くさいというのが、彼女のいい分だった。

ある日、仕入れに回っているときに、少し元気がなかったので、理由を聞くと、

「大家さんのおばあさんが入院してしまいました」

という。大家さん宅にもネコがいるので、大家さんとネコの双方の面倒を見がてら、娘さんがしばらく、大家さん宅に住むと挨拶に来てくれた。その際に大家さんは高齢ということもあり、こちらには戻ってこれない可能性が高いといわれたのだった。

「そうなるとアパートの存続が難しいっていわれました。耐震のチェックは受けたけれど、とにかく古いからとおっしゃっていて」

「そうなると引っ越し先を考えなくちゃいけないわね」

「奴に話をしたら喜んじゃって。『これで一緒に住めるね』なんて、のんきなことをいうんです。あまりに単純に喜んでいるので頭に来ちゃって、『一緒に住まないよ』っていったら、『どうして。ぼくたち結婚するって決めたのに』って悲しそうな声でいうんですよ。鬱陶《うっとう》しくなって電話を切っちゃったんですけどね。その後も、LINEでもあれこれいってきてましたけど無視してます」

「かわいそうに。シオちゃん、喜んだのに」

「そんなに一緒に住むって大事なんでしょうか。お互いのことが気になって、気疲れしそうですけど。生活時間もずれているし」

アキコはああ、なるほどと彼女の話を聞いていた。そして最後の玉ねぎをカットし終わったとき、

「そうだ、同じアパートかマンションで、部屋が違うっていうのはいいんじゃない。それだったらシオちゃんも納得するんじゃないかしら」

「ああ、はあ」

シオちゃんが住んでいるのは古いマンションで、比較的住人が入れ替わる率が高い物件らしい。

「それだったら、しまちゃんも自分のプライバシーが保てるし、いいんじゃないの」

婚約中なのにいつも婚約破棄をしたがっている表情のしまちゃんを、少しでも盛り上げようといってみたが、彼女は、

「うーん」

と首を傾《かし》げている。

「きっと奴《やつ》は、突然、『来ちゃった』とかいって、部屋に来ると思うんですよ。今は離れてい

るから、電車に乗らないと来られないので、いいんですけれど、同じ建物の中だと入り浸るんじゃないかって。そういう恐れが……」

「ああ、入り浸る……ねえ」

考えてみれば、結婚生活は相手がずっと入り浸っているのと同じである。しまちゃんにとっては、自分のペースやスペースが婚約者であれ、乱されるのがいやなのだ。

「それはあるかもしれないわね。すぐに来られるものね」

「そうなんです！　そこが困るんです！」

しまちゃんの声がひときわ大きくなった。

「わかりました。この案は引き下げます」

アキコが謝ると、しまちゃんはあわてて、「いえ、すみません。ご心配いただいているのに。勝手なことをいって」

「そんなことないわよ。こうじゃなくちゃいけないっていう決まりなんてないから。しまちゃんが無理しなくていいような関係でいられるといいわよね」

「はい、それはそうなんですけれど。結婚ってそうじゃないっていうふうじゃないですか。だから別に結婚しなくてもいいんじゃないかって……。こういう話をするとまた、元に戻っちゃうんですけれど」

しまちゃんの声がだんだん小さくなっていった。

「ともかく今、住んでいるところがどうなるかが気になるわよね。しまちゃんが気に入っているんだから、できるだけ長く住めるようになればいいけれど」

「はい、そうなんです」

大家さんにも都合があるので、自分の希望通りにはいかない。これがしまちゃんのシオちゃんとは同居しないという考えが変わるきっかけになるかと思ったが、そう簡単にはいかないようだった。

一週間後、店に来たしまちゃんは、いつもと様子が違っていた。アキコは厨房《ちゅうぼう》で仕込みをしながら、

「しまちゃん、何かあったの」

と聞いてみた。たくさんの野菜を包丁で切り続けていると、妙に無心になれるというか、自分の思っていることを素直に口に出せるような気がする。

「あ、ああ、はい」

しまちゃんは小さく頭を下げた。

「私が聞いてもいいこと？」

「はい、もちろん」

しまちゃんはとんとんと二回、包丁をまな板に落として人参を切った後、手を止めてアキコを見た。

「やっぱりアパートは壊すそうです」

力のない声だった。

「ああ、そう。それは大変ね」

「大家さんの娘さんがとても恐縮されて、こちらの都合であわてて追い出すような形になってしまうから、今の家賃の十か月分を出すっていってくださったんですけれど。期限が二か月以内なので、すぐに見つかるかどうか」

「十か月分っていうのは良心的ね」

「そうなんです。こっちが申し訳なくなるくらい」

「老朽化しているのだったら仕方がないね」

しまちゃんは悲しそうな顔をしてうなずいた。そしてはっと気がついて、また人参をカットしはじめた。

「それで、シオちゃんには話したの」

「ええ、喜んでました」

「やっぱり」

「まだ一緒には住まないよって、大きな釘《くぎ》は刺しておきました」

「シオちゃん、悲しがっていたでしょう」

「はい」

そうか、やっぱり同居は難しいのかと思いながら、どうしたものかなあとアキコも考えていた。

その日もママのお決まりの愚痴タイムが終わり、店を開けると二人が業務連絡以外で会話を交わすような時間はなかった。暖かくなってきたおかげで、ありがたいことにまた客足が伸びたような気がする。新しいメニューを考えたときに、もしかしたらいちばん人気が出ないのではと予想していた、ほうれん草のサラダが、意外にも一番人気になってくれて、三時過ぎまで、ずーっと動きっぱなしだった。三種類の寸胴鍋《ずんどうなべ》のうちひとつは空であと二つは一人分ずつしか残っていなかった。

「今日はもう終わりね」

アキコの声と同時に、しまちゃんは外に出て、メニューが書いてある黒板を店内に入れて鍵《かぎ》を閉めた。

「それではお昼をいただきましょうか」

「あのう、私、また失敗してしまいまして」

しまちゃんは珍しく、パンにバターを塗るときに、パンを掘ってしまったのだった。

「それはしまちゃん用にどうぞ」

アキコは食パン一斤をスライスしたときの両端の部分を牛乳と卵液にひたしたものを、冷蔵庫から取り出し、バターで焼いてフレンチトーストにした。

「はい、しまちゃんにもお裾分《すそわ》け」

二枚のうち一枚を皿にのせてあげると、しまちゃんはうれしそうに笑った。アキコはその笑顔を見てほっとした。

「しまちゃん、新しい家を探さなくちゃならないから、時間が必要でしょう」

「早く帰らせていただいているので大丈夫です」

「でも休みの日はともかく、物件を見られるのって、夕方以降になるでしょう。日中に室内を見たほうがいいんじゃない。陽当《ひあ》たりとか、あるでしょう」

「それはそうですけど……」

「しまちゃんが集中的に物件を見られるように、休みを増やそうか」

「えっ」

しまちゃんはびっくりしてアキコの顔を見た。

「来週から週に三日、連続で休みにしたらどうかしら。火水木って。それで見つからなかったら、また次の週、休みにすればいいじゃない」

しまちゃんはびっくりした顔のまま、アキコの顔を見ている。

「うれしいですけど、そこまでお店を休みにするのは……」

「私もね、少し休みたいなって思ってたから、ちょうどいいじゃない。しまちゃんが物件を探している間に、悪いけど私はのんびりさせてもらうから」

アキコが笑うとしまちゃんは、

「本当に申し訳ありません」

と頭を下げ、ほっとした顔になった。

4

しまちゃんと約束したとおり、次の週は火曜日から木曜日まで三日間、お休みにした。日曜日の夕方、店を閉めた後、シャッターにその旨《むね》の貼《は》り紙をしていたら、ママが店から大股《おおまた》で出てきた。

「アキちゃん、何それ」

「お休みするんです、火曜日から三日間。よろしくお願いします」

「何で、何でなの」

ママはそれほど大きくもない目をかっと見開いてアキコの顔を見た。その迫力に思わず後退《あとずさ》りした。

「ええ、あの、その、最近、休みが週に一度だと疲れが取れなくなってきて。それにしまちゃんが住むところを探さなくてはいけないので、それもあるんです」

「えっ、住むところ？」

ママは首を傾《かし》げた。アキコはしまちゃんの引っ越しの一件を、シオちゃんとの件はすべて省いて説明した。

「探すのも大変だろうと思って。はやいうちに見つかればいいんですけど」

「物件はねえ、ひょこっと出てくるものだからねえ。ふーん、そうか。アキちゃんとこのお嬢さんも大変だねえ」

ママはしまちゃんに対しては同情的だったが、アキコに対しては、

「週に一度だと疲れが取れないっていってたけど、前々からいってるけど、アキちゃんはお嬢ちゃん商売なんだから。あたしなんかほとんど休みなしだよ」

と厳しかった。ママの店は昔、弟子の男性がいたときは、その人が店を切り盛りして、ママはお休みしていた記憶があるが、彼が裏切って（というママの説明）、自分の店を出すために突然やめてからは、ずっとお盆と正月以外は休みはなかった。まだ母が生きている頃、母の店は正月の五日間は休んでいたが、正月の二日にふと窓の外を見た母は、

「お向かいさん、営業してるよ」

とびっくりして様子を見にいった。数分後に戻ってきて、

「『家にいてもつまんないから』って店を開けたんだって。本当にあの人は商売が好きなんだね」

と感心していたのを覚えている。アキコが店をやるようになってから、ときおり休みはあったけれども、定期的に休んでいるのを見たことはなかった。

「定休日ってないんですよね」

「そう、基本的に年中無休。歳《とし》をとるにつれて無休になるって、世間とは逆だよね。アキちゃんのところは営業時間は短くてさっさと閉めちゃうし、実質労働でいったら、私の半分くらいしか働いてないんじゃないの」

「そうかもしれないですね」

「そうだよ。早いときは四時に閉めちゃうんだもの。開けるのだって早くて十一時でしょ。あ

たしなんかお客さんが帰らなかったら、夜の十一時まで店を開けてるもんね」

「たしかにそうですよね」

営業時間の短さを突っ込まれたら、アキコは何もいえない。

「それで疲れるっていわれたら、あたしなんかどうしたらいいの、このばあさんが」

アキコは苦笑するしかなかった。

「まあ、これまでがんばってきたんだから、たまにはいいかもね。でもこれを当たり前にしちゃだめだよ。休み癖がつくからね」

ママは小学生にいうように、アキコを諭した。

「はい、わかりました。ありがとうございます」

ママは満足そうに、大きくうなずいてまた店に戻っていった。

火曜日の朝、ふだんは家を出る時間なのに、アキコが家にいるのを見て、たいとろんは、あれっという顔をしていた。そして、二匹揃《そろ》って彼女の顔を見上げながら、

「にゃああ、にゃああ」

という。アキコは自分の脳内にしかない、ネコ語翻訳機能を使って、彼らが、

「どうして家にいるの」

と聞いていると訳して、

「あのね、今日から三日は、おかあさんはおうちにいますよ」

と声をかけると、二匹は、

「わあああ、あああああ」

と口々に大声で鳴き、尻尾《しっぽ》を立てた。そしてアキコの足にとびついて、大きな頭をぐいぐいと押しつけてきて、ごろごろと喉《のど》を鳴らした。

「んがあ」

「ふがあ」

顔をくしゃくしゃにしてアキコの顔を見上げている。

「はい、わかりましたよ。よかったねえ。うれしいの？」

二匹は「うれしいですっ」という感情を体中から発散させて、

「うわあ、うわあ」

と興奮していた。この子たちにこんなに我慢させていたのかと、アキコは二匹に対して申し訳なくなり、両手でたいとろんの頭、顔を思い切り撫《な》でてやった。するとそれだけでは満足できなかったのか、

「お腹《なか》のほうもお願いします」

と揃いも揃ってぱかっとお股を広げ、へそ天状態になって待機していた。

「あら、どうしましょう」

アキコは右手でたい、左手でろんのお腹を時計回りに撫でてやると、ふごふごごろごろと喉を鳴らしながら、曲げた前足をぴくっぴくっと何度も震わせた。二匹の動きは教えたわけでもないのにシンクロしていた。せっかくの休みなので、自室の片づけをしたかったのに、たいとろんにつかまって、アキコの休日計画はまったく進まなかった。

休みをもらったしまちゃんは、自分のために店を休みにしたことをとても気にしていて、自分の休日の状況を逐一、メールで報告してきた。

「朝一番で、不動産屋に行ってきました。物件がいくつかあったのですが、運悪く全部ペット不可だったので、あきらめました。また別のところに行ってみます」

そのときアキコは膝《ひざ》の上に、大食漢の弾丸二個をのせていた。右膝にたい、左膝にろんという位置は二匹のなかで決まっているようだった。アキコはその重さに耐えながら、

「ご丁寧にありがとうございます。大変ですからご報告していただかなくても大丈夫ですよ。スミちゃん、フミちゃんと一緒に住める場所が早く見つかりますように」

と返信した。すぐに、

「ありがとうございます」

とまたメールが届く。

「律儀なんだから、本当に」

アキコがスマホを見ていると、二匹はじーっと手元を監視している。自分たち以外のものに関心が向くのをいやがるので、

「何だ、それは」

という目つきになっている。

「おねえさんはね、今、お部屋を探してるのよ。早く見つかるといいわね」

そういうと、たいが、

「ふーん」

と鼻息で返事をして目を閉じた。それを見たろんも、大あくびをして目をしょぼしょぼさせている。ここで寝られたら膝の上に重りを置かれたのと同じで、まったく動けなくなる。膝の上に重い石を置かれた、江戸時代の刑罰を思い出した。そしてそのまま一時間経過してしまい、アキコは、あーあと今日の計画の練り直しを余儀なくされた。

しまちゃんは特に何もいっていなかったが、シオちゃんに部屋探しの話をしているのだろうか。二人の同居はやはりないのだろうかなど心配もあったが、二人のことは二人にまかせるしかない。

「うまくいけばいいけどね」

膝の上の二個の重りをさすってやると、二匹は、「んっ」という表情で頭を上げた。この機会を逃して、また一時間膝の上で寝られたら大変と、

「さあ、自分たちのベッドで寝てくださいね。お母さんはお仕事がありますから」

といいながら、アキコは一個ずつ重りを床の上に置いた。彼らは「んんっ」という表情になったが、満足したのか大あくびをしながら、自分たちの寝床に歩いていった。

(ああ、よかった)

アキコの膝はしびれてしまい、太腿《ふともも》から膝にかけて、何回もさすり続けて血流を回復させた。自室の窓から外を見下ろすと、気候がよくなったので、以前にも増して人通りが多くなった。ママの店のドアが開いて、薄いピンク色のプリントのワンピースを着たお嬢さんが、トレイにコーヒーを三個載せて出てきた。出前要員だけでお嬢さんを雇っているのは、ママも大変だろうと彼女の姿を上から見送った。しばらくすると、お嬢さんがのんびりと歩いて戻ってきた。上から見た彼女の髪に陽《ひ》の光が当たって、つやつやしている。

お嬢さんは店に戻った。ふと見ると、頭頂部に毛がない男性が歩いていた。年齢は四十代くらいでまだ若い。他の部分はたっぷりあるのに、頭頂部から薄くなるタイプの人だったようだ。まさか上から見られるとは思っていなかっただろうなと、アキコは申し訳なくなって、外を見るのはやめようと、窓から離れようとしたとたん、ママが店から出てきた。そして店の前で腕

組みをして仁王立ちになり、右、左と目をやって、ふうとため息をつき、そして店に戻った。

「あれは何？」

アキコは首を傾げながら、二個の弾丸のおかげで遅くなってしまったが、今日の予定だった、食器の整理をはじめた。

翌日、また朝になると、たいとろんは、

「わあ、おかあさんがまた家にいる」

と大騒ぎをしはじめた。交互にアキコの顔を見上げて、わあわあ鳴くので、

「今日もおかあさんは家にいますよ」

というと、

「わあああ」

と大声で鳴いた後、ものすごい勢いで二匹は部屋の中を走りはじめた。どどどどっという重量力のある音が響き渡り、あの大きな体がどうしてあんなに速く走れるのだろうかと驚くくらい、興奮状態が止まらなかった。片方がやめれば、もう片方もやめるのだろうが、どういうわけか二匹は、全速力で走り回っていた。そんなにうれしいのかと、アキコは再び感激した。しかし走るのをぴたっとやめた二匹は、キャットフードを置いてある棚の前に座り、

「わああ、わああ」

と切羽詰まった目つきで鳴きはじめた。

「えーっ、お腹を空《す》かせるための運動だったの」

少しがっかりしながら、彼らの食器を取り出すと、二匹揃って、それです、それですよ、といっているかのように、喉の奥がのぞけるくらい口を開けて鳴いた。

「あげるから、ちゃんと待ってるの。こら、たいちゃん、袋の中はのぞかないの。あっ、ろんちゃんはそっちの袋は開けちゃだめ」

空腹の二匹を交通整理しながら、器を二匹の前に置いてやると、がふがふといいながら、一心不乱に食べはじめた。

「はあ〜」

アキコは椅子《いす》に座って小休止し、自分の朝御飯を作った。今日は御飯と、残り物を集めた具だくさんの味噌汁《みそしる》だ。ブロッコリーも玉ねぎもキャベツも鶏肉《とりにく》もたけのこも入っている。アキコが食卓につくと必ず、たいとろんが、

「ん？　何を食べてるんだ」

とチェックしにくるのは日課である。

そして匂《にお》いを嗅《か》がせると、ふーんといったつまらなそうな顔で、元の位置に戻る。魚など襲われそうなものの匂いはかがせないので、彼らにはつまらない御飯ばかりなのだ。

掃除をしていると、しまちゃんからメールがあった。

「今、不動産屋に来て、物件の間取り図をいくつか見せてもらっています」

そうか、早く見つかればいいなと次の文に目をやると、

「残念ながら今日は奴《やつ》も一緒です」

とあった。

「あら、一緒なんだ」

思わず声を上げると、ろんが目をつぶったまま頭を上げ、しばらくぼーっとしていたが、またがくっと頭を落として寝た。

「二人で住むためなのかなあ。それとも一人用？　それだったらシオちゃんもちょっと悲しいわねえ」

若い二人の行く末が、アキコの心配でもあり楽しみでもあった。子供がいる人はこういう気分なのだろうかと、眠っている毛の生えた我が子二匹に目をやった。

この機会に、ふだん掃除をしないところも丁寧にしようと、本棚の本を全部出して、裏を見たら、想像を絶するほど埃《ほこり》が溜《た》まっていて、アキコはびっくりした。どうしても本は埃を呼ぶものらしい。ゴム手袋をして丁寧に棚をずらして団子状になっている埃を取った。気配がしたので振り向くと、寝ていたはずの二個の弾丸が、並んでお座りをしてじーっとこちらを見てい

た。

「あら、どうしたの」

「にゃあ」

二匹が同時に小声で鳴いた。ネコは、日常しないことをしていると、必ずといっていいほど首を突っ込んでくる生き物なのである。今日も取り出した本を床に積み、はいつくばって掃除をしていたものだから、いったい何をやってるんだろうと観察しに来たのだ。

「お掃除よ、お手伝いしてくれるの？　ほら、目がしょぼしょぼしてるわよ。寝ていらっしゃい」

アキコがそういうと、しばらくそこに座っていたが、あまり面白いことでもなさそうだとわかったらしく、自分たちのベッドに戻っていった。

「手伝ってくれればありがたいけどね」

アキコはどっしりとした体つきの二匹が二足歩行をして、棚から本を出す係になってくれて、出してと頼んだら前足で本を出し、お掃除終わったよといったら、床に積んだ本を元に戻してくれる姿を想像した。

「ふふふ」

笑ってしまったけれど、現実にはあるわけがない。

「私もばかねえ」

棚の裏をきれいに掃除して、棚に入れてあるときはこんなに量があるとは思わなかったのに、床に積まれた量に驚きながら、それをとりあえず全部元に戻した。そのなかにアキコが作った、先生の料理の本もあった。何冊か作ったうちの一冊で、料理初心者向けの洋食の本だった。ぶ厚い本だったが結婚祝い用に購入する人もいて、売り上げが実用書のトップになり、この本でアキコは社長賞をもらったのだった。

「先生、お元気かな」

恥ずかしいハガキを出して以来、何の連絡もしていなかった。月に一度でも、様子うかがいのハガキを出せばよかった。結局は先生を尊敬しているといっても、自分の都合だけでしか考えていなかったのだなと、深く深く反省した。ちらりと二匹のベッドを見ると、彼らはアキコの悩みなど知るよしもなく、見事な大股開きのへそ天で寝ていた。

昼食のパスタに入れるために、アンチョビを缶から出したときは、二匹は一瞬、むっくり起き上がったが、睡魔に負けてすぐにまた寝た。キャベツとアンチョビのパスタと、トマトとレタスと卵のサラダを食べながら、何年か前に洋服を整理したけれど、それから特に数が増えている気はしないが、もう一度、見直したほうがいいかもしれないと思いはじめた。ふだんはほとんど制服の白シャツか白ブラウスに黒のパンツにエプロン姿だし、あとは部屋着兼ワンマイルウエアに着替え、寝るときはパジャマに着替えるといった具合なので、服が増えているわけではない。しかしただ習慣的にタンスの中身を出し入れしているだけなので、あらためて調べたほうがよさそうな気がした。

食後、早速、衣類が入っているタンスの点検をはじめた。店で着る服はすべてクリーニングに出して、きちんとプレスしてもらうので、ハンガーにかかっている。問題は引き出しの中に入っている衣類である。前回、勤めているときに着ていた服はほとんど処分したので、今回は処分するものは少ないかもと考えていたのが甘かった。気軽に買っていた部屋着が、引き出しの奥からたくさん出てきた。一日一回着替えるとして、七セットはあるのはわかっていたのだが、購入してビニール袋に入ったままのものも、数点あった。おまけによくよく見たら、ふだんに着ていた部屋着の劣化が激しかった。体になじんでいい感じにはなっていたが、パンツの膝は出ているし、丈の長いワンピースも裾《すそ》が波打つほど洗い込まれていた。

ビニール袋の未着用の部屋着は、商店街を歩いているとき、昔から顔なじみの衣料品店の奥さんに、声をかけられて買ったものだった。

「これからお店に出すんだけど、これはいいわよ。アキコちゃんには先に見せてあげる」

名のあるメーカーのもので、縫製も丁寧だった。上下ともスウェット素材で、上はグレーに黒のボーダーで、下はくるぶし丈の黒のワイドパンツだった。

「お買い得よ。これから三千八百円で売るつもりなんだけど、アキコちゃんだったら三千五百円でいいわ」

その言葉に引き寄せられて、二組購入してしまったのだ。あとは駅前の大型衣料品店で、もともと安いうえにセールになっていたのを購入した、Tシャツ素材のロングワンピース。それを色違いで三枚。どうしても必要かといったらそうではなかった。ストレス発散のために買ってしまったのかもしれないなあと反省し、これまで着ていた劣化の激しい部屋着を処分して、未使用のまま放置していた部屋着と替えた。まず洗濯をしてからと、洗濯機の中に入れに行こうと立ち上がると、二匹がいつの間にかやってきて、処分する部屋着の中に埋もれ、服の中にもぐり込んでもぞもぞと動きまわっていた。

部屋着の洗濯中に他にも点検すると、ふだん履いている靴下のかかとが穴が開きそうになっていたり、ほつれていたりと、ダメージを受けている。これもだめ、こっちもだめとより分けていたら、だめなほうが山になった。

「お恥ずかしい」

衣類にまみれている二匹にそういうと、彼らはきょとんとしてアキコの顔を見た。この気がつかないというのが、歳をとっていく人間の問題なのだろう。様々な事柄に注意が及ばなくなる。たいとろんが忠告してくれるわけでもなし、仕事や家の外に出たときだけではなく、家の中でも目を光らせなくてはいけないのだ。

洗い上がった新しい部屋着を干し、古いものはゴミ袋に入れようとすると、どういうわけか二匹は処分品の山を気に入ったようで、上に陣取って動かない。アキコのかつての部屋着は、彼らのマットと化していた。取ろうとすると、うーとうなるので、仕方なくそのままになった。動物を飼うとインテリアもへったくれもないという言葉を思い出した。

ひと仕事終えて、コーヒーを淹《い》れて窓の外を見下ろしながら飲んでいると、しまちゃんからまたメールが届いた。

「気に入った部屋がありました。三階建ての三階で角部屋です」

と画像が添付してある。あら、とうれしくなってアキコがファイルを開くと、二方向が大きな窓になっていて、そこから大きな木が見え、フローリングではない木の床が拡《ひろ》がっていた。あと三点は、キッチン、ユニットバス、マンションの全体の画像だった。新しくはないが、きちんと手入れされ、マンションの入口には大きな木が植えられていて、それがしまちゃんが内覧した部屋の窓から見える木だった。

「素敵な部屋ですね。緑が見えるのもいいし、とにかく明るいのがいいです」

そう返信すると、すぐに、

「私もそう思いました。これからあとひとつ、見に行くのですが候補にします」

と返ってきた。これはこのまま決まりそうだなと、アキコはうれしくなった。しかし今のアパートよりは、家賃が上がるだろうし、お給料かボーナスを考えてあげなくてはいけないなと思いつつ、それもまた楽しかった。シオちゃんはしまちゃんが選んだ部屋を見て、悲しかったかもしれないなと気の毒にはなったけれど。夜、しまちゃんから、

「画像をお送りしたマンションに決めました」

とメールが来た。画像が添付されていたので開いてみたら、マンションの前でにっこり笑っているしまちゃんと、その横で一緒に写ろうとして、しまちゃんから右フックを浴びているシオちゃんの姿だった。

「あーあー、かわいそうに」

それでもシオちゃんはしまちゃんが好きなのだ。

「いいわねえ、若い人は」

昔、母がいっていたような言葉を自分がいうようになるとは思ってもみなかった。

三日間の休みが終わり、しまちゃんの新居も決まり、アキコの引き出しもややすっきりして、明るい気持ちで店を開けられた。

「お休みをいただいて申し訳ありませんでした。無事、見つかりました。ありがとうございました」

しまちゃんは部活のお辞儀をして、ほっとした表情になった。場所は最寄り駅から急行でひとつ奥の駅で、駅からは徒歩十分ほどだという。築三十二年だが水回り、キッチンはリフォームされており、もちろんペット可だ。

「広さは十二畳くらいで、キッチンは四畳くらいです。ベランダは狭いんですけれど」

「あれだけ陽当たりがいいと気持ちがいいわね」

「ええ、すぐ横に大きな木もあるので、窓を開けると気持ちがいいんです」

「いいところが見つかってよかったわ。失礼だけどお家賃のほうは大丈夫かしら。もし大変だったら考えても……」

「いいえ、とんでもない」

しまちゃんはすっと背筋を伸ばした。

「大丈夫です。これまで分不相応にいただいていますし、今のアパートは家賃も安かったですし。引っ越しても大丈夫なので」

まっすぐな目できっぱりといいきられて、アキコは、

「あ、ああそうなの。でも大変になったら遠慮しないでいってね」

「ありがとうございます」

それから二人は食材の仕入れに回り、パン工房の夫婦から、原料が値上がりしてしまって、

どうしようかと相談された。アキコは、

「こちらの仕入れ値が上がっても、質は落とさないほうがいいと思う」

と話したのだが、そういう考えの人は少なく、

「とにかく価格は据え置きで」

といわれて困惑しているようだった。

「私は買い続けますから安心して」

アキコはそう励まして帰ってきた。

荷物を厨房《ちゅうぼう》に入れ、スープの仕込みをはじめようかといっているところに、

「おはよう」

とママがやってきた。

「いかがでした、お休みは」

手近な椅子に座ってママはにやっと笑っている。

「家の中の片づけをしてました。これまでほったらかしにしていたのがよくわかりましたよ」

「あら、アキちゃんでもそうなの」

「ええ、本棚の後ろにこんな埃の玉が」

アキコが手で示すと、

「ああ、きっとうちもそうだわ。もう見ないでおこう」

とママは顔をしかめた。

「お嬢さんはどうだったの？」

しまちゃんはちらりとアキコのほうを見てから、

「無事、引っ越し先が決まりました。ほっとしました。お休みをいただいて申し訳なかったんですけど」

といった。

「それはいいのよ。社長がいいっていいってるんだから」

「えっ、社長ですか」

「そうよ、アキちゃんも社長、あたしも社長。超零細企業だけどね」

ママはふふっと笑った。珍しくママはしまちゃんの引っ越し先について、あれこれ聞いていた。

「あの辺りは昔、お屋敷町だったから、静かでいい所でしょ」

「はい、大家さんの中年のご夫婦も、穏やかでいい方でした」

「それはよかったね。あんたはまじめでいい子だから、そういいところに縁が決まるんだよ」

「あ、ありがとうございます」

しまちゃんは恐縮して頭を下げた。

「あたしはさあ」

何も聞かないのに、ママが話を切り出した。

「いつもと同じでね、お嬢さんが。どうして毎回、同じことをいわなくちゃならないのか、わかんないんだよねえ」

と首をひねっている。出前のときの伝票、領収書の書き方をきちんと説明したのに、それでも未《いま》だに間違えると、ママはいう。きっと何度もお嬢さんに怒ったのだろうが、あまりに改善されないので、怒るのを通り過ぎて不思議になってきたらしい。

出前担当と、店内のお愛想担当だけでは本人もつまらないだろうと、伝票類も書かせているのに、いつまでたっても覚えない。

「でも伝票は、書き方さえ覚えればあとはそれなりに……」

「そうなんだけど、それができないのよ」

ママの話によると、ひとつ以上のことができないらしく、出前が何件か重なるとあたふたしてしまう。ママがカウンターに伝票とメモを置いて、これは○○商店さん、これは××屋さん、これは△△事務所と宛名《あてな》を教え、注文品と数を書いて渡すのに、どういうわけかそれがごっちゃになる。

「出前っていったって、一度のコーヒーの注文って多くて五人分なのよ。十人、十五人だったらまだわかるわよ。たった五人の注文がどうしてわからなくなって、ごっちゃになるのかっていうのよ」
○○商店に出前を持っていったはずなのに、実は注文の内容は△△事務所のもので、場所を間違えて××屋に届けるという有様で、混沌《こんとん》とした状況になっているという。伝票がちゃんとあるのにである。しかしみんな商店街の顔見知りで優しいので、
「違ってるよ」

と怒らずに親切にいってくれる。

「それがだめなんだ、それが」

ママの声が大きくなった。お客さんが気を遣って、注文を間違えても優しく対応してくれるのだが、それがお嬢さんをつけあがらせているという。

「あの顔で、『ごめんなさーい』って笑ったら、まあ男の人は怒れないよね。それをわかってやってるところが腹が立つのよ。とにかく反省が足りない！」

アキコはそうですねともいえずに、ただ黙って話を聞いていた。そっとしまちゃんの顔を見ると、むっとしていた。

「どうしたらいいでしょうか」

アキコがつぶやいた。

「わからない。あの子はわからない」

ママは首を横に振った。

「注文が重ならない、一件しかないときは大丈夫なんですか」

「そういうときは伝票は大丈夫なんだけど、違うところに出前に行ったりしてる。ほら、あのカラオケのビルの六階に雀荘《ジャンそう》があるでしょ。あそこに持っていかなくちゃならないのに、隣のビルの六階の法律事務所に持っていったりする」

「はっ」

「その事務所のみんなもお客さんだから、それ隣だよっていってくれるんだけど、伝票が雀荘の伝票で、自分が書いたのにどうして違うとこに行っちゃうのかねえ。わからないわあ」

「はあ」

アキコはそういうしかなかった。

「字はとてもきれいなんだけどねえ。頭の中がごっちゃごちゃなのかな。お嬢さん、結構、偏差値の高い学校を出てるのよ。なのにどうしてこうなのかねえ」

「きっと真剣に仕事をしてないからですよ。してないからママの大変さもわからないんですよ。

いつも他のことばかり考えていて、心ここにあらずなんですよ」

急にしまちゃんが低い声で話しはじめて、ママとアキコはびっくりして彼女の顔を見た。

5

しまちゃんの引っ越しも無事に終わった。

「フミちゃん、スミちゃんはどうしてる？」

まずはネコたちの状態が気になったので聞いてみると、キャリーバッグから出てすぐは、きょとんとしてその場に固まっていたのだが、匂《にお》いを嗅《か》ぎながら、そろりそろりと歩きはじめたら、あとは二匹で楽しそうに探検をはじめて、最後は部屋中を走り回って大運動会だったという。そして新居のために、しまちゃんが新しく買った棚の上を居場所と決めたようで、二匹でその上で、わあわあ鳴き続けている。しまちゃんがバスタオルを折りたたんで置いてやると、二匹でそこで二匹でくっついて寝ているらしい。他にネコたちのベッドを置いてやってるのに。ネコの居場所が部屋の中にどんどん増えていくようだと、しまちゃんは笑っていた。前よりも広くなったので、ネコたちも活動範囲が広くなってうれしいのかもしれない。

「引っ越した後、全然、慣れなくてキャリーバッグから出てこない子もいるっていうものね。フミちゃんもスミちゃんも、大物だわ」

「いえ、何も考えてないだけです」

シオちゃんの話はまったく出なかった。引っ越しも手伝ってくれたはずだが、アキコのほうから、どうしていたのかなどと聞く立場ではないので、ネコの話だけで引っ越し話は終わった。大家さんがかわいがっていた、ウメちゃんのその後も確認したら、無事、娘さん宅が引き取っていったとのことだった。

「前のアパートも好きだったけれど、大きな木が横にあるのって、とても気分がいいですね」

しまちゃんが喜んでいるのが、アキコにとってはうれしかった。しまちゃんが家賃を払い続けられるように、私もがんばらなければと気持ちを引き締めた。

一方、しまちゃんの不愉快な思いが通じたのかわからないが、ママの店のお嬢さんは店に来なくなった。

「『何だかぁ毎日ぃ、疲れちゃったしぃ、いやになっちゃったぁ』んだそうですよ」

いつものように開店前に様子うかがいに来たママは無表情で声色を使った。驚くアキコの隣で、しまちゃんは固く結んだくちびるをへの字にしている。

「人手がいくらあっても足りないのに」

アキコはつぶやいた。

「お嬢さんが来なくなったら、あの子目当てのお客さんも減るに決まってるからさ。まあうまくしたもんでね。前と同じように、細々とやりますよ」

小声でどっこいしょといいながら、椅子《いす》から立ち上がったママは、

「うちと掛け持ちでっていうのは無理だよね。本当にアキちゃんはいい人を見つけたね」

としまちゃんの顔を見つめた。

「あ、ありがとうございます」

しまちゃんはいつもの顔に戻って、ぺこりと頭を下げた。

「結局はお客様に店が信用してもらえるかが、商売の急所だからね。あたしも甘かったって反省しましたよ。もう三度目はないよ、三度目はね」

ママは自分にいいきかせるように、強く何度もいって、

「それでは今日も元気で。お邪魔さま」

と店に帰っていった。

ふうとしまちゃんは息を吐いた。

「あの人、ママさんのこと、何とも思ってなかったんですね。甘えさせてもらってまた働きは

じめたのに。ひどいな」

眉間《みけん》に皺《しわ》が寄って元に戻らない。

「しまちゃん、鏡」

厨房《ちゅうぼう》の奥にある鏡を見たしまちゃんは、あっと小さな声をあげて、右手の人差し指で眉間の皺を何度もこすっていた。

「私はしまちゃんのおかげで楽をさせてもらってるけど。もし私がママさんの立場だったらって考えると、二度目はあるかもしれないなあ」

しまちゃんは首を傾《かし》げている。

「でももっと厳しく文句をいっちゃうと思う。ママさんはああいうふうに見えて、頭から怒鳴りつけるようなことはしないからね。それでわからないんだったら、仕方がないわ」

「そうですよ、わからなさすぎですよ」

しまちゃんはそういい放った後、また人差し指で眉間を何度もこすった。

曇天で湿気の多い日は、お客様の入りも少ない。亡くなった母が、そういった時季は店のテーブルの醤油《しょうゆ》の減りが激しく、みんな塩辛いもの、刺激のあるものを食べたがるものだといっていた。それからすると、おだやかな味のスープとサンドイッチというのは、お昼の選択肢からはずれてしまうのかもしれない。若い人同士、中年同士の女性ばかりの二人連れが二組、店でゆったりと食事をしていた。久しぶりに忙しくない日で、アキコとしまちゃんの気持ちものんびりしていた。

「曇り空にこういうお店のなかで、芍薬《しゃくやく》が咲いているのって素敵ね」

中年の一人の女性がテーブルの上で、ぼってりと咲いている数本の芍薬を眺めた。

「若い頃は全然、花なんかに興味がなかったんだけど、最近はガーデニングをやろうかなんて考えはじめたりして。土いじりなんて大嫌いだったのに。不思議よね。これが歳《とし》を取ったっていうことなのかしら」

同年輩の二人はふふふと笑いながら、セロリとトマトのスープと鶏ハムのサンドイッチをおいしそうに口に運んでいた。そして精算を済ませると、芍薬の写真を撮らせて欲しいといい、スマホで撮影して帰っていった。しばらくして、もう一組のお客様も店を出ていき、まっすぐにママの店に入っていった。

店の中はアキコとしまちゃんだけになった。しまちゃんはテーブルを片づけてきれいに拭《ふ》き、店の前を点検して商店街を歩いている人たちが捨てたゴミを掃除してくれて、厨房の奥に引っ込んだ。しまちゃんにお昼を食べてもらおうと、アキコが声をかけようとしたとたん、ドアが開いた。

「いらっしゃいませ。あらっ」

にこにこした、シオちゃんの顔が入ってきた。いつもながら彼の顔を見るとほっとする。厨房の奥にいたしまちゃんは、声を聞いてあわててやってきて、

「あっ！」

と叫んだ。

「どうしたの、いったい。何で来たの？　何で？　嫌がらせ？」

アキコは思わず噴き出し、

「しまちゃん、その、『嫌がらせ』ってどういう意味？」

と笑いながら聞いた。

「嫌がらせじゃないよ」

シオちゃんはおっとりとして苦笑している。

「だいたいね、急に来るなんて失礼よ。アキコさんだって困るじゃないの」

「私は別に困らないから大丈夫よ。しまちゃん、この店のドアを開けて入ってきた方は、みんなお客様なんだから、そんなふうにいったらだめよ」

アキコが静かにたしなめると、

「はい、申し訳ありませんでした」

としまちゃんはアキコに頭を下げた。しかしシオちゃんには謝らない。

「あのう、今日はちょっと、他の者も来ていまして」

シオちゃんはしまちゃんの態度を気にするふうでもなく、ドアを開けて出ていった。アキコとしまちゃんが、どうしたのかと見ていると、彼は男性と女性を伴って戻ってきた。

「ひやっ」

しまちゃんが小さな声を出した。アキコが驚いて彼女の顔を見、再びシオちゃんのほうに顔を戻した。そこには年配男女とシオちゃんと、そっくりな顔が三つ並んでいた。

「うちの父と母です」

紹介された彼のご両親は、

「いつも息子がお世話になっております。今日は突然、お邪魔いたしまして……」

と深々と頭を下げた。アキコはあわてて、

「いいえ、こちらこそご丁寧にありがとうございます」

と向き合って何度も頭を下げ、双方のお辞儀合戦のようになった。

「しまちゃん、元気だった?」

お義母《かあ》さんは笑いながら、アキコの背後にいるしまちゃんに声をかけた。

「はい、ありがとうございます。元気にしていました。お義母さんはいかがでしたか」

「私は大丈夫よ、ねえ、お父さん」

「ああ、こっちは元気だったから。しまちゃんが元気でよかった。うれしいよ」

そういうやりとりを見て、シオちゃんはにこにこしている。この親子は「怒る」という感情がないに違いないといえるほど、柔和な人たちだ。

「今日はお昼をいただきに来たので、よろしくお願いします」

「はい、ありがとうございます」

シオちゃんにそういわれてからのアキコは、ふだんお客様に接するのと同じ態度で、彼らに接した。突然、相手の両親が姿を見せて、それにびっくりしたしまちゃんは、厨房のフラットな床で蹴《け》つまずいて、二、三歩つんのめって踏みとどまったり、皿を落としそうになったりと、明らかに動揺していた。

「大丈夫？」

「すみません」

しまちゃんは緊張して、何かをするごとに、「あっ」とか「わっ」とか小さな声を出して、あわてていた。

「深呼吸、深呼吸」

アキコが声をかけると、しまちゃんは手を止めて、ふううううと息を吐き、がーっと息を吸い、再びふううううと息を吐いた。

「はい、大丈夫です」

しまちゃんは大きくうなずいた。ところが彼らに出す、鶏《とり》ハムのサンドイッチとセロリと玉ねぎとチーズのスーププレートを準備していると、果物を入れる小さな器を取りだそうとして手をすべらせ、ジャグリング状態になったりした。

（ああ、割らなくてよかった）

同じ気持ちのアキコとしまちゃんは無言で顔を見合わせてうなずいた。別に食器は割れてもいいが、シオちゃんのご両親をびっくりさせたくなかった。しまちゃんは半泣きのような表情になっていた。

シオちゃんが、まるで開店当初から知っているかのように、アキコさんが修道院の食堂のような雰囲気にしたかったとか、余分な物は置かないなどと両親に店内の説明をしているのを、厨房で聞いていたしまちゃんは、

「知ったかぶりして、余計なことをいって」

と怒った。

「お客様だから。ね、いつもと同じようにしてね」

アキコの言葉にしまちゃんはうなずき、

「本当にすみません」

と頭を下げた。

三人の前にプレートを置くと、お義母さんが、

「心が洗われるようなお店ですね。静かで。とっても素敵。私、こういう雰囲気のお店、大好きです」

といってくれた。

「ありがとうございます」

アキコが頭を下げると、しまちゃんもあわてて頭を下げた。

「この人が正反対の性格だからね。もっていないものに惹《ひ》かれるんでしょうね」

お義父さんが明るくいった。

「やあねえ、いつもこんなふうにいうんですよ。『そうだね』っていってくれればいいのに」

「どうぞごゆっくり。何かありましたらお声をかけてください」

アキコとしまちゃんは厨房に引っ込んだ。するとしまちゃんが小声で、

「本当に申し訳ありません。私も何も知らなかったので。知っていたらアキコさんにお話できたのに」

とすまなそうにいった。

「えっ、いいのよ。突然、いらっしゃっても、お客様なんだから。しまちゃんは困っちゃった

かもしれないけど、私はうれしかったわ」

「本当に申し訳ありません」

しまちゃんは大きな体を縮めて何度も謝った。

三人はプレートの料理をすべて食べてくれて、お義父さんは、

「スープの作り方、よかったら教えてもらったらどう？」

とお義母さんに勧めていた。アキコが快くレシピを書いて渡すと、

「同じようにできるかしら。私、自信がないなあ」

といいながらじっとメモを眺めていた。両親はこれから泊まっている都心のホテルに戻り、近くのギャラリーで写真展を見た後、夜は宿泊しているホテルの高層階のレストランでディナーなのだという。

「今日はお天気がよくてよかったですね」

「ええ、私、おかげさまで晴れ女なんです。旅行をして雨に降られたことがないの」

お義母さんはとても明るかった。話していると途切れることがないので、シオちゃんが、

「それじゃ、次は向かいの喫茶店でコーヒーでも」

と間に入り、三人は立ち上がった。

「わざわざいらしてくださって、うれしかったです。ありがとうございました」

アキコが頭を下げた。しまちゃんも後ろで前に同じ、である。

「ごちそうさまでした。とてもおいしかった。しまちゃんも大切にされているのがわかって、うれしかったです」

お義父さんの言葉にしまちゃんは、小さく頭を下げた。

「これからもしまちゃんのこと、よろしくお願いします。私たちもしまちゃんを大事にしますので」

三人が何度も頭を下げるので、アキコもあわてて頭を下げ続け、二度目のお辞儀合戦になってしまった。

「お向かいのコーヒー、おいしいって評判なんですよ」

アキコはそういって三人を見送った。彼らはうれしそうにママの店に入っていった。

「申し訳ありませんでしたっ」

しまちゃんはまた部活のお辞儀である。

「謝ることなんて何もないわ。お話は聞いていたけれどご両親もいい方ね」

「そうなんです」

「でも、まだ結婚はしないの？」

「ええ、まあ、はい」

プレートを片づけ、テーブルも拭き、食器を洗いながらしまちゃんがいうには、あまりに彼の両親がいい人すぎて、このまま結婚していいのかと、いつも自分に疑問符がついているのだそうだ。

「ふつう、息子がこんな男みたいな女を連れてきたら、両親はあれっと思うものなんじゃないでしょうか。私はそういうもんだと思っていたんですけれど、ご両親は両手を挙げてというか、ずーっと、よかったよかったっていう雰囲気で。あまりにそういわれるので、逆にシオちゃんには、これまで隠し続けていた、他人にいえない黒い問題があるんじゃないかって、勘ぐったくらいなんです」

「でもご両親はそのままのしまちゃんを気に入ってくれたんだから、それでいいんじゃないの」

「そういう部分もあるんですけれど……。でもお義母さんは私に披露宴でドレスを着るのを望んでいるし……」

「ああ、そうだった、そうだったわねえ」

「こういっちゃとても失礼なんですけど、そのままの私をわかってくれているのかなあって思ったり」

「テンションが上がっているんでしょうね。ご両親とも、しまちゃんがかわいくて仕方がないみたいだもの」

「ありがたいです。結婚ってやっぱり大事じゃないですか。でもあまりにスムーズに物事が進むのに乗るっていうのが、私の性に合わないっていうか。私のこれまでが、いつも目の前に壁があって、一旦《いったん》挫折《ざせつ》をしてそれを越えることばかりだったので、そういうものがないと、いまひとつ……、やる気が起きないっていうか……」

しまちゃんの声がだんだん小さくなった。もしもシオちゃんの両親に猛反対されたら、どうしてたのとアキコが聞くと、しまちゃんはうーんとしばらく考えた。

「結婚しないかもしれませんね」

そこまでシオちゃんへの愛が強くないし、今の関係のままでも十分だからという。

「えっ、それじゃあ、結婚への障害があってもなくても、しない方向っていうことなの。あらー、シオちゃん、かわいそう」

しまちゃんに聞こえたか聞こえていないかわからないが、アキコはシオちゃん、かわいそうともう一度、小さな声でいった。必死でカラオケボックスで歌を歌って、プロポーズをして、いちおうＯＫの返事をもらい、自分の両親にも顔合わせをしたのに、婚約者がこういうふうに考えているとは想像もしていないだろう。

「厳密にいえば、奴は私の家族とは会っていないし、きちんと両家が顔を合わせて結納も交わしてないので、婚約者じゃないんです」

「それはそうだけど。OKしたんだから、それはしまちゃんにも責任はあるわよ」

「はい、わかっています」

しまちゃんの両親は、お前と結婚してくれる奇特な人は、この世に二人といないから、相手の気が変わらないうちに、とにかく早く結婚してもらえといい続けているという。しかし破談になったとしても、「やっぱりな」というと思う、と、しまちゃんは淡々としていた。

「シオちゃん、引っ越しも手伝ってくれたんでしょう。一人で自分の部屋に帰るのが、寂しかったんじゃないのかな」

「うーん、そうでしょうか。いい部屋が見つかってよかったねって、自分のことのように喜んでいましたけど」

そこが彼のいいところではないか。こういう場合、多くの男性は、自分というものがいながら、一人で暮らす部屋に引っ越すとは何事だと、ぐずぐずと文句をいうのではないか。それを一緒に喜んでくれるなんて、本当にいい人だと、アキコは話した。

「そういう強引なところがないから、しまちゃんが踏ん切れないのかな」

「そういう男だったら破談ですね」

アキコは、

「難しいわねえ」

と苦笑し、

「とにかく二人で仲よくやってくださいね」

というしかなかった。

「ご心配をおかけして申し訳ないです」

緊張がとけたしまちゃんは、いつものように元気よく皿洗いを続けた。

翌朝、ママがやってきて、

「昨日、お客様がいらしたでしょう。その後、うちにも来ていただいて。ありがとうございました」

と丁寧に頭を下げた。

「あなたの婚約者とご両親なんですってねえ。うかがってびっくり。失礼しました」

しまちゃんはぎょっとした顔をした。

「ママさんに話したんですか」

「うん、三人そっくりのご家族でね、婚約者が働いているので、食事に来たっていってて。年齢的にアキちゃんじゃないなあと思ったら、このお嬢さんしかいないじゃない。まあ、そんなことになってたのねえ」

しまちゃんはママに肩を叩《たた》かれ、

「はあ」

と困った表情で笑っている。

「で、いつなの、ご結婚は」

「それが決まってないんです」

「あら、そうなの」

「すみません」

「謝ることなんかないわよ。おめでたいことだし。まあ女の人はいろいろと迷うわよね。たしかに」

ママはうんうんとうなずきながら、

「みんな結婚するべきだとは思わないけど、好き合った同士が結婚するのはいいことですよ。あたしは経験がないけどさ。ねっ、アキちゃん」

急にボールを投げられたアキコは、うろたえながらも、

「はい、そうですね」

といいつつ、しまちゃんの顔を見た。

「結婚しても一緒に住まなくてもいいんじゃないでしょうか」

「そういうのもあるよね。それは二人で決めればいいんじゃない。傍《はた》がとやかくいうことでもないしさ。でも一緒に住むから、お互いにわかることもあると思うよ。おめでたい話を聞いて、うれしかったわよ。じゃ、お邪魔様」

しまちゃんは店を出るママの背中に向かって深々とお辞儀をした。

「本当に余計なことを喋《しゃべ》りまくってますね、奴は。一度、きっちり締めないといけないです」

しまちゃんの眉間には皺が寄ったが、今度は人差し指でこすらない。

「喋りまくってはいないでしょう。たまたまママのお店で聞かれて話しただけで」

「いやあ、わかりませんね。お調子者のところもあるので、何も考えずにぺらっと喋っちゃうところがあるんですよ。仕事相手にも余計なことを喋ってるんじゃないかと思うと恥ずかしくて」

「まさか。聞かれないのに、プライベートを喋ることはしないと思うわ」

「それはないと信じたいです。それをやっていたらもうおしまいですね。今度、聞いてみます」

周囲が浮かれ気味なのに、しまちゃんだけが浮かれずに、どっしりと落ち着いていた。落ち着いているというよりも、重りがついているみたいだった。

休みを挟んだ翌日、店にやってきたしまちゃんは、すでに疲れていた。

「どうしたの？　大丈夫？」

「いえ、すみません。病気とか熱があるとかではないので。こちらで体を動かしたら治ると思います」

しまちゃんはいつものように働きはじめたが、いまひとつ体の動きが重い。

「無理しなくてもいいのよ。臨時休業にしたっていいんだから」

アキコが声をかけると、

「大丈夫です。実は昨日、ずーっとご両親と一緒に都内観光していたので、気疲れしちゃいました」

という。

「ああ、そうなの。高層階のレストランでお食事した後、お帰りになったんじゃなかったのね」

「そうなんです。都内観光が控えていたんです」

それも旅行会社が企画したものに参加するのではなく、企画はシオちゃん、添乗員がしまちゃんという、逃げ場のないものだった。

「万が一、トラブルが起きて、私たちで対処できないと困るから、旅行会社の観光プランに参加したほうがいいっていったんですけれど、ご両親も奴も家族だけで行きたいっていうものですから。私の休みの日に合わせていただいた手前、断りづらくって……。大変でした……」

「それはご苦労さまでした」

しまちゃんは小さく頭を下げた。シオちゃんがレンタカーを借り、それに乗って四人で都内をぐるぐると走り回った。皇居を観《み》たいというので、まずそこを目指すと、途中、お義母さんが目についたものを、

「あれは何かしら？　あら、あそこにも寄ってみたいわ」

といい出すので、皇居の後はそれらの場所へ移動する。それが名所旧跡ではなく、新しくできたファッションビルだったり、スイーツ店だったり、ハイブランドの店だったりする。車移動の場合、そう簡単に駐車できる場所も近くに見つけられないので、そのたびシオちゃんは、あたふたしていた。

「まだ平日だからよかったです。これが休日だったらもう大変なことになってました」

そのうえしまちゃんがいうには、シオちゃんの運転がとても鈍くさく、もう一本手前の道を左折すれば近いのに、

「あれれ、あれ？」

といいながら、ずーっと走っていってしまう。引き返そうにも一方通行だったりして、今度は大回りして大幅に時間をロスする。

「お義母さんが行きたがる、若い人に人気のパンケーキやかき氷の店って、ずらーっと行列ができているんですよ。私は苦手なんですけれど、ご両親は全然平気で『一時間くらいならいいよね』っていいながら、待っているんです。さすがに椅子がないところではつらいだろうと、説得してあきらめてもらったんですが。そして夜は焼き肉に行きました。そこがとてもおいしくて、ご両親がとても喜んでいたので、まあよかったです」

しまちゃんは一気に喋った後、「ふう」とため息をついた。

「あらー。でもご両親もお喜びだったんでしょう。それだったらよかったわね」

「はい」

アキコはふだんと同じようにスープの仕込みをしながら、しまちゃんが結婚に腰が重くなっている理由がわかったような気がした。

「ご両親、本当にしまちゃんのことが好きなのね」

「あ、ああ、はい、そのようです。ありがたいことです」

しまちゃんは野菜をカットしながら頭を下げた。

「愛が重いんだ」

アキコの言葉にしまちゃんは手をとめた。

「そうなんです」

もともと恋愛に対して積極的ではないのに、縁があって善良なシオちゃんと知り合い、彼からプロポーズをされて、いちおうは受けた。しかしそれ以上にご両親が盛り上がって、自分の娘だったらしてもらいたいことを、しまちゃんにも望むようになってきた。そして家族になってしまったら、いったいどうなるのかと、しまちゃんなりに不安がつのっているのだ。

「二人の問題だから、放《ほう》っておいて欲しいっていいたいけど、そうはいかないわよね。私は経験がないからわからないけど。もしも息子がいて、連れてきた娘さんが大好きになったら……、うーん、あれこれ一緒に何かしたいなって思うかもしれないな」

「そうですか」

しまちゃんは再び野菜をカットしはじめた。

「二人の問題っていわれたら、ご両親はほったらかしにされたみたいで、悲しいかもしれないわね。親御さんで、結婚は当人同士の問題っていいきる人たちもいるけれど、そういえる人のほうが少ないかもしれないな。でも精神的にそう思っても、現実的にそのつどお相手するのはちょっと大変よね」

「そうなんです。そのへんを奴がわかってくれるといいんですけれど、他のことはそうでもないのに、私がからむ話になると、ご両親がいうことに全部、『いいね、いいね』って反対しないんですよ」

「それはご両親と一緒にいたら、自分もしまちゃんとずっと一緒にいられるからなんじゃないの」

アキコは笑いそうになった。

「えっ、そうなんですかね」

「そうだと思うよ。しまちゃん、シオちゃんに冷たいから」

アキコはふふふと笑った。

「冷たいって……。そうですかねえ」

「うん、ちょっとね」

「はあ。私は絶対的な愛を注いでいるつもりなんですが」

「ええーっ、うそー」

アキコは左手に包丁を持ったまま、その手を上げて思わず大声を出してしまった。そして、あはははと大笑いして笑いが止まらなくなってしまった。しまちゃんは苦笑いしながら、立ち尽くしている。ネコのフミちゃんとスミちゃんにそうしているというのならば納得するけれど、シオちゃんに対しては違うような気がする。

「ランキングでいえば、フミ、スミ、アーちゃんは同率首位、ずーっと間が空いて奴ですけれど」

それは絶対的な愛ではないのではとアキコが問いただすと、しまちゃんは照れくさそうに、

「たまには、そういう言葉をいってみたかっただけです」

と笑った。

「その言葉の相手が、シオちゃんだっていうわけね」

「いえ、そういうわけではないです。私のまわりに会話ができそうな奴以外の男性がいなかっただけです。いっそのこと、ご両親がものすごくいやな人たちだったら、平気で断れるし楽なんですけど」

しまちゃんはまじめで頑固だなあと、アキコは笑いを堪《こら》えながら、いつもより速いスピードで野菜をカットした。

6

しまちゃんがいくら冷たくしても、両親の気持ちも一緒に背負っているからか、シオちゃんは相変わらず、にこにこして店にやってきた。平日は仕事があるので、来るのはだいたい土曜

日なのだが、開店中ではなくしまちゃんの仕事が終わるのを、じっと外で待っている。ところが両親を連れて来たので、何となく店に入るのに緊張しなくなってきたのか、その日は閉店直前にドアを開けて、

「こんにちは」

と挨拶《あいさつ》をしながら店内に入ってきた。店が終わってからデートの約束があると、アキコはしまちゃんから聞いていた。

「あら、いらっしゃい」

店内に入ってきたシオちゃんに、当然のようにアキコが声をかけると、彼が来たのに気づいたしまちゃんは大声で、

「入るんじゃないっ」

と彼を怒鳴りつけた。アキコとシオちゃんはびっくりして、反射的にお互いの顔を見つめ合った。

「しまちゃん、いいじゃないの。もうおしまいなんだし。シオちゃん、大丈夫だからここに座って待ってて」

アキコが声をかけて椅子《いす》に座らせようとすると、それを見ていたしまちゃんは、鬼のような形相で、

「こらあっ。外で待ってろ。邪魔だからっ」

とまた怒鳴りつけた。

ええっと驚きながらアキコがシオちゃんの顔を見ると、彼は、

「そ、そうだね、うん、わかった、そうするよ。ごめんね。アキコさん、ごめんなさい。お邪魔して申し訳ありませんでした」

とよくそんなに腰が何度も曲がると驚くくらい、ぺこぺこ謝りながら店を出ていった。そして店の外でしばらく立っていたが、あっと気づいた顔をして、

「これ、入れておきます」

と店頭に出している黒板を中に入れてくれて、またあわてて外に出た。

「シオちゃん、かわいそうよ。暑くなってきたのに店の前に立たせて」

アキコは仏頂面のしまちゃんに声をかけた。彼女はぐいぐいと力を入れて食器を拭《ふ》き上げている。ちらりと外に立っている彼を見ながら彼女は、

「日陰になっているから平気です。へたに優しくすると癖になりますから。けじめはつけないと」

「そう？　お店の中で待っているくらい、いいんじゃないの」

「いえ、だめです。私、そういうの嫌いなんです。いくらその後に約束があったとしても、私

が奴《やつ》の会社に行って、社内で待ってるのって、おかしくないですか」

そういわれたアキコは、

「まあ、確かにねえ」

とうなずいた。仲間で起こした会社とはいえ、社内には働いている人たちがいるのだ。

「けじめはつけなくちゃいけませんっ」

まあ、いいじゃないのとアキコはいいたかったが、それを許さないくらい、しまちゃんは鉄の意志でシオちゃんを拒絶していた。

これからデートだというのに、こんな状態でいいのだろうか。楽しいひとときは過ごせるのだろうかと、アキコは厨房《ちゅうぼう》の調理台やガス台を、クロスで拭き上げながら気を揉《も》んだ。

（仲裁したほうがいいんだろうか）

しかしきっとあの二人は、昨日今日、このような関係になったわけではなく、今までこんなことを何度も繰り返しながら、付き合いを続けてきたのだろうから、他人が口を挟む問題ではないと、すべてしまちゃんの判断にまかせた。

しまちゃんは店の外で彼が待っていることを微塵《みじん》も感じさせず、急ぐわけでもなくいつもと変わらない様子で閉店まで過ごし、いつものように肩にかけるバッグを体の前で両手で持ちながら、

「ありがとうございました。また明日もよろしくお願いします」

と頭を下げた。

「お疲れさまでした。今日もありがとう。シオちゃんと仲よくしてね」

アキコが声をかけると、

「うーん、そうですね。でも今日は軽く締めないと……」

という。

「ええっ」

アキコが再び三度《みたび》驚いていると、しまちゃんはにっこり笑って、

「ご心配いただいてありがとうございます。お先に失礼します」

と頭を下げて出ていった。

それでも気になってアキコが外の二人を観察していたら、しまちゃんは外で立ち尽くしていた彼に、一言二言発した後、堂々と前を歩いていった。その後をシオちゃんはにこにこしながらついていき、店の外からアキコに向かって歩きながら会釈をした。さっきしまちゃんに怒鳴りつけられたことなど、微塵も感じさせない様子で、アキコはシオちゃんに店の中から手を振った。

「仲よくしてね」

思わず小声でつぶやいた。

シャッターを閉めようと外に出ると、左右に睨《にら》みをきかせながら、ママが店から出てきた。

「お嬢さん、デート?」

二人が歩いて行ったほうを顎《あご》を上げて見ながら、アキコに聞いた。

「そうなんですけどねえ。閉店の準備をしているときに彼が来て、店の中で待とうとしたら、しまちゃん、怒鳴りつけて追い出したんですよ」

そう話したとたん、アキコはそのときのしまちゃんの剣幕を思い出してつい笑ってしまった。

「へええ、厳しいんだねえ」

「そうなんですよ。けじめはつけなくちゃって。ふだんはおとなしいのに、鬼みたいな顔で彼を怒鳴りつけてましたから」

「それでもうまくいくんだから、不思議なもんだよね」

雑談をしながら、ママの店のお嬢さんは突然、来なくなったことだし、店は大丈夫なのかなと、肩越しに店の中を眺めていると、それに気づいたママが、

「あ、店は大丈夫。今は常連さんばかりで、みんなにコーヒーを出したばかりだから」

と笑った。

「大変ですね。お一人で大丈夫ですか」

「まあね、お嬢さんがいなくなって、もっとお客さんが減るかと思ったんだけど、意外に減らなくてね。まあ、よかったですよ」

「それはよかったですね」

「お宅のお嬢さんも、これから先、結婚して子供ができてとなったら、アキちゃんも大変だね」

「ええ、でも子供が生まれてもうちに来てねって約束しましたから」

「何いってんの、あんた。今はそう思っていてもね、現実にはいろんなことが起きるのよ。お嬢さんが行きたくても、行けない事情ができたりもするしさ。保育園に入れなかったり、小学校に上がれば、今、ＰＴＡって大変らしいわよ。お客さんがいってたけど。その人の奥さんが専業主婦なものだから、とにかく何でも押しつけられるんだって。ひどいときには親同士の喧《けん》嘩《か》になるらしいわよ」

　アキコは、もしも保育園に入れなかったら、赤ちゃんを背負って店に来てねっていってあるのだと、ママに話した。

「なるほど。そういう手もあるね。昔は赤ちゃんを背負って店に出ている、商店の奥さんたちがたくさんいたよね。お客さんたちも赤ちゃんの面倒を見たりしてさ。ああいうの、本当になくなっちゃったよね」

ママは斜め上に目をやって、

「うん、あのお嬢さんには似合ってるね」

と小さく何度もうなずいた。

「そうなんです。若いのにどういうわけか、そういう昭和のイメージがわいてくるんですよ。しまちゃんもそのほうが気楽なんじゃないかなって思ったので。こちらの勝手な考えですけど」

アキコが少し不安そうな表情を浮かべたものだから、ママは笑いながら、

「あのお嬢さんは、どこかの誰かさんとちがって、筋を通して最後までちゃんとやってくれる人だよ。あーあ、ちょっとアキちゃんと話して気分転換になった。ごめんね、邪魔して。それじゃ」

ママは店に戻っていった。

「失礼します」

アキコも頭を下げてシャッターを閉め、自室に上がっていった。

ドアを開けると、毛の生えた弾丸二個は、クーラーが効いた部屋で、へそ天の大股《おおまた》開きで寝ていた。おかえりなさいの態度も見せない。大丈夫なのか、このヒトたちはとアキコは苦笑しながら、はあ~とひとつため息をついて、まず冷蔵庫からピッチャーを出して、グラスに水を

注《つ》いだ。グラスを手に窓から下を見ると、駅から出てくる人の数がだんだん増えていっている。そのほとんどが若い人なのだけれど、夏の日は夕方からが彼らが活動する時間帯なのだ。

寝ているときも、突然の外からの大声で目を覚ますことがあるが、それが夜中の二時、三時だったりする。日が昇った五時頃にも大きな声で会話をしているのが聞こえるが、こちらも夜通し遊んで、これから帰る人たちなのだろう。母の店ものれんを店内に入れてから、常連さんたちと毎日飲み会になっていたが、さすがに朝帰りはしていなかった。常連さんのほとんどが高齢者なので、みんな体力のなさと眠気に勝てずに、解散するしかなかったのだろうが。

その日の晩御飯は、しゃぶしゃぶ用の豚肉を湯に通してねり梅をつけ、サラダ菜に包んで食べるのと、そうめんにした。弾丸たちはやっとむっくり起き上がって、鼻をひくひくさせていたが、自分たちに食べられそうもないとわかると、また横になって寝はじめた。「ふぐー」「ふーん」という鼻息が聞こえてきて、おまんじゅうのような手足を、にぎにぎする。たいがはじめると、どういうわけかころんに伝播《でんぱ》して、そのうち二匹のにぎにぎ合戦になる。

そしてそれは突然、ぱたっと止《や》んで、だいたいの場合、「うーん」と目をつぶったままの、二匹の伸びで終わるのである。世の中の雑多な問題とはまったく無関係に、ただひたすら無垢《むく》に生きている彼らを見ていると、こちらの気持ちもなぜか和《やわ》らいでくる。弾丸たちと同じように、目の前でただ食べて寝て遊んでといった人がいたら、うらやましさよりも嫉妬《しっと》や軽蔑《けいべつ》の念がわいてくるような気がするけれど、イヌやネコに対してそういう思いを抱く人など皆無だろう。ただただ「愛らしい」、それしかない。

アキコはそんな無垢な二匹を眺めつつ食事をした。実業的には何の役にも立たないその姿を見ながらの食事は、満足度がワンランクアップするような感じだった。食後のほうじ茶を飲みながら、しまちゃんは今後、いったいどうするのだろうかと考えた。事実婚か籍を入れるのかは、シオちゃんと決めればいい話だが、もしも子供ができたら、産休も必要になるだろう。アキコは勝手に、赤ん坊を背負っても店に来て欲しいと頼んだけれど、しまちゃんは子供を保育園に預けて、店にはプライベートを切り離した状態で勤めたいと考えるかもしれない。すべてしまちゃんの気持ち次第なのだが、もしかしたら働くのがいやになってしまうことも考えられる。

「全力投球の人だから。しまちゃんは」

アキコはつぶやいた。これから起こるであろう事態に対して、アキコはシミュレーションをした。事実婚か籍を入れるかについては、他人なのでもちろんノータッチ。雇用主としては産休はちゃんと取ってもらい、その間、アルバイトを雇う気はないので、お店は休業とする。赤ん坊連れの勤務は大賛成で、母親であるしまちゃんの希望を最優先にする。そしてしまちゃんが店をやめるといったら……。そう考えたとたん、アキコは一気に気分が暗くなってきた。

「しまちゃんがやめたらどうしよう……」

あまりに今が最高な状態なので、アルバイトですら雇いたくないし、他の人と一緒に店をやっていく自信がない。ママの店のお嬢さんの行動には驚かされたけれど、ああいうあっけらかんとした人も多いのだろう。しまちゃんはとにかく奇跡の人なのである。血のつながった母親よりも、しまちゃんのほうに深い愛情を感じている自分がいて、アキコはちらりと棚の上の母の写真を見た。

「ふふん」

と笑っているような気がした。隣のたろの写真は、

「何やってんだよお」

といっていた。写真を見ているうちに、母がよく、「取り越し苦労は時間の無駄」といっていたのを思い出した。

「そうよね、何が起こってもそのときだわ」

アキコは大きくうなずいて、食器を片づけはじめた。

しまちゃんとシオちゃんは、相変わらず同居する気配も入籍する気配もなかった。しまちゃんの新居も明らかに二人で住むためのものではないし、まだまだあのような関係が続くのかなと、アキコは思った。立派なくらいしまちゃんの態度はぶれず、何があっても自分の考えは曲

げなかった。アキコは他人の恋愛について首を突っ込むタイプではないが、うまくいっているのかが心配になって、しまちゃんが怒鳴った日から二日ほどして、

「ねえ、この間、シオちゃんを締めるっていってたけど、どうやるの」

とじゃがいもをカットしているときにたずねた。しまちゃんは噴き出しそうになるのを必死に堪《こら》えながら手を止めて、

「は？　奴を締める方法ですか」

とアキコの顔を見た。

「そう。これまで何度も締めるって聞いたけど、シオちゃんはいつも明るくて優しいし、どうしてるのかなって思って」

しまちゃんは笑っている。

「この間は……ヘッドロックです」

「えっ、どこで」

「カラオケボックスでです。お前、何であんなことするんだよ。失礼じゃないかあっていいながら、軽く」

「軽くって……。でも痛いよね」

「そうみたいですね。やめてやめてって涙目になって、私の腕をタップしてましたから」

「はあ」

アキコはため息をついた。

「その前に締めたときは、尻《しり》を蹴《け》ってやりました」

「それは痛いよね」

「はあ～んって情けない声を出して、膝《ひざ》から床に落ちてました」

「それってどこでやったの」

「同じカラオケボックスです。そこは私たちにとっての、お仕置き部屋みたいなものですから」

確認したらさすがに商店街のカラオケボックスでやっているのではなく、二人が以前から通っている離れた場所にある店だということだった。

アキコはしまちゃんの仕打ちにとほほと思いながら、

「それでもシオちゃん、しまちゃんのことが好きなんだね」

としみじみといった。

「どうですかねえ。私が締めると、やっぱり僕がいけなかったのかなあって、いちおう反省の態度はみせるんですけどねえ。それを何度も繰り返すのが、奴のいちばん悪いところなんです」

ミネストローネ用のトマトをカットする音がより大きくなった。

「繰り返されるのは困るわねえ」

「そうなんです。よく考えたら、この間、こういうことをしたから怒られたから、こういうことをするのはやめようって思うものなのに、ころっと忘れて馬鹿なことをするんですよねえ。本当に反省してるんだったら、もうちょっとぴしっとするものなんですけれど。いろいろと失礼なことをして申し訳ありませんでした」

「いえいえ、私はシオちゃんに来てもらうのは大歓迎だけど」

「でもけじめはけじめですから」

しばらく二人は黙って作業を続けていた。そしてしまちゃんはぽつりといった。

「ちょっと甘いんですよねえ」

「それでも続いているのは不思議よね。しまちゃんたちよりも仲がよくても、別れちゃったりする人たちもいるでしょう」

「ああ、そういう人たちは、いい格好しているからじゃないですか。お腹《なか》の中で思っていても、嫌われたくないから黙って我慢しているとか。うちはそういうのはないです」

「しまちゃんはないかもしれないけど、シオちゃんはあるかもしれないわよ」

「ああ、そういうのもありますね。たまにいわれたりします」

至近な例では、シオちゃんのご両親が東京に出てきたときに、最後のほうになったらあまり楽しそうな顔をしていなかった。嘘《うそ》でもいいからちょっとは楽しそうな顔をしていて欲しかったといわれたという。

「シオちゃんもご両親に気を遣ったんでしょうね」

「見事にばれていたようです」

しまちゃんが真顔になった。

「それでしまちゃんは何ていったの」

「やっぱりばれてた？　ごめんねってあやまりました」

「そうしたらシオちゃんは」

「謝ってくれたから、もういいよって。気を遣わせてごめんっていってました」

シオちゃんは人がよくて、何でも忘れやすい人なのだろう。こういう二人のほうがこの調子でずっとうまくいくのかもしれない。ただ話を聞くと、しまちゃんにとっては、シオちゃんの問題よりも、「愛が重い」彼のご両親との関係をどうしたらいいかに結論が出せずに困っていた。

「お義母《かあ》さんが、今度、うちに泊まりに来たいっていいはじめて、断固阻止する方針です。きっちりと奴にはいってあります」

シオちゃんには、「そうなったら、どうなるかわかってるだろうな」と釘《くぎ》を刺したのだそうである。彼は、

「そうだよね、困るよね。僕が何とか説得してやめさせるから」

とあせっていたという。

「大変ねえ」

アキコは笑い出してしまった。

「そうなんですよ。面倒くさいんですよ。どうしてみんな、結婚したがるのかわかりません」

二人は困った笑いを浮かべながら、仕込みを済ませてメニューを書いた黒板を、店の外に出した。

暑くなるにつれて、客足は徐々に少なくなっていった。店内も強く冷房を効かせていないし、そこで温かいスープを飲んだら、慣れない人にとったら、暑くてたまらないかもしれない。

「いくら夏といっても、冷房が効いた中で冷たい物を食べるのは、お腹を冷やすからよくないんだけどね」

いくらアキコの考え方に、しまちゃんが深く同意してくれても、世の中の人々は違う。暑いときはクーラーと冷たいもので、体を冷やしたい人が多いのだ。でもラーメン屋には人がたくさん入っている。商店街の中にも有名店があるが、そこは寒い時期はもちろん、一年中、行列

が絶えない。ラーメン好きな人はとても多く、やみつきになる食べ物なのだろう。

　それでも店には子供を連れた母親や、若い女性のグループなどが来てくれる。顔見知りの人も多くなった。

「夏休みはいつですか」

　と聞かれ、アキコはまだ決めていなかったのに気がついた。

「あ、忘れていました。そうでしたね、すみません」

　謝られた女性はくすくす笑っている。アキコはあわてて厨房のカレンダーを見に行き、

「お盆の時期の一週間、お休みすることにします」

　と急遽《きゆうきよ》決めてしまった。

「わかりました。ありがとうございます」

　彼女はバッグから手帳を取り出して書き留めていた。

　お客様がみんな店を出てから、アキコはしまちゃんに、

「ごめんね、夏休みのこと、忘れてた」

　と謝った。

「いいえ、私は大丈夫です」

「お客様に聞かれなかったらそのままだったわ。ピッピッと頭が働かなくなっちゃったのねえ。

いやだわ。一か月先になるけど、この週は一週間お休みにしますから、よろしくお願いします」

「はい、ありがとうございます」

しまちゃんは頭を下げた。

その日はそれ以降、お客様は来なかった。三時半すぎに黒板を店内に入れ、閉店準備をしていると、ママがやってきた。

「お暑いのにご苦労様」

そういわれたアキコたちも、

「ママさんもお疲れ様です」

と労《ねぎら》った。

「全くさあ、大変だわ」

ママは近くの椅子に座り、頬杖《ほおづえ》をついた。しまちゃんが急いで厨房に行き、グラスの水にレモンの一切れを浮かべたものを作って、ママの前に置いた。

「まあ、ありがとう。まるで念が通じたみたい。あまりに忙しくて自分が水を飲むのも忘れちゃって。何か忘れたなあと思っていたんだけど。ありがとう、いただきます」

ママは礼をいっておいしそうに水を飲んだ。

「お客様が多いのはいいんだけど、夏場の狭い店は息が詰まるね。クーラーをめいっぱい効かせてるんだけど、うちの常連さんは男の人が多いでしょ。それも体の大きいのばかりで。その人たちが放熱するから、たいして冷房も効かないんだよね。それに比べてこの店はすーっとしてていいね。こんなこといっちゃいけないけど、店を出るとほっとする」

「まだ次の人は見つからないんですか」

「うーん、見つからないっていうか、見つけていないっていうかねえ」

ママはレモンを口の中に入れて、酸っぱそうな顔をした。それを見ていたアキコとしまちゃんも同じような表情になった。

「このお嬢さんみたいに、天から降りてきてくれればいいんだけど、そううまくはいかないからねえ。私も歳《とし》を取ってきたし、その頃合いを見計らっているところ」

アキコが黙って話を聞いていると、ママは、

「ねえ、デートってどこに行くの」

としまちゃんに聞いた。

「は？」

驚くしまちゃんにママは、

「この間、彼氏が待っていたじゃないの」

とふふっと笑った。

「あ、はい、あー」

しまちゃんがうろたえるのを見て、ママさんは笑っている。

「デートじゃなくて、ただ会ってるっていうだけなんです」

「でもボーイフレンドなんでしょ」

「ええ、まあ」

「それを世間ではデートっていうんですよ」

「ああ、はあ、そうですねえ」

しまちゃんは照れながら、カラオケに行きましたと話した。さすがに彼氏を締めた話はしなかった。

「カラオケかあ。まだ人気があるんだね。そういえばあそこのカラオケボックスも、いつも満室なんだってね」

ママは他にも甘味屋のじいさんが入院したらしいとか、内装店の若夫婦が離婚したようだとか、商店街の噂《うわさ》をいくつか話して、どっこいしょと立ち上がった。

「お水、ありがとうね」

しまちゃんの目を見て御礼をいい、「それじゃ」と軽く手を上げて、店に戻っていった。

お嬢さんがいるときは、彼女の人気で客数が増えたといっていて、いなくなったら客足が遠のくといっていたが、実際はそうではなかった。いつ店をのぞいても中はいっぱいに人が入っている。たしかにコーヒーを飲ませるチェーン店も商店街にはあり、そこには若い人が多いけれど、彼らよりもやや年上の人たちは、客の回転数を上げるための居心地の悪い椅子に座るよりも、ゆったりと座れる椅子を選ぶようだ。特にこんな季節に外を歩いたら、座り心地のいい椅子がある涼しい店内で、ほっとしつつコーヒーを飲みたくなるのに違いない。

一人でコーヒーを淹《い》れ、接客をし、また店内を調えるのは大変だ。しかしさすがに最近は、ママの目に隈《くま》がでているときもあって、アキコは心配していた。精神的にはできると思うのだが、いざやってみると体がだめというのを、アキコも痛感するようになった。幸い、しまちゃんがフォローしてくれるからいいけれど、ママはずっと一人でやるしかないのだ。ママもしまちゃんを気に入ってくれているので、出向させようかと考えたこともあった。しかししまちゃんがお嬢さんを嫌っていたので、その後に店を手伝うというのも、彼女にしてみたら納得できないのではないかと、話をもちかけるのはやめにしたのだった。

二人で店の後片づけをしながら、

「しまちゃんは夏休みはどうするの」

とアキコが聞いた。

「えーと」

「そうよね、今日、急に決めちゃったんだものね、ごめん、ごめん」

「いえ、そんなことはないです」

しばらく彼女は考えていたが、

「ただどこにも行かないで、家でのんびりしたいです。ネコたちと一緒に昼寝とか」

「ああ、それもいいわねえ。あの部屋だったら窓を開けたら風が入ってきて気持ちがよさそうね」

「そうなんです。葉が茂っているので風も何となく涼しいんです。前の部屋よりもクーラーを使わなくても済んでいるんです。ネコたちも夕方からはずっと窓辺で涼んでます」

「そこにシオちゃんの参加はあるのかな」

「ないです！」

しまちゃんはきっぱりといい切った。夏休みは内緒にしておいて、彼ぬきでのんびりと過ごしたい。もしも一週間休みとなったら、下手をしたらまた彼の両親がこちらにやってきて、大騒動になるに決まっているからと顔を曇らせた。

「そうね、強引に泊まられちゃうかもしれないしね」

「そうなんです！」

交際相手がいるからといって、年がら年中一緒にいたいと思うわけではない。一人でいたいときは一人でいたい。それをお互いに尊重したいのに、どうもシオちゃんにはそういう考えが希薄なようだという。

「私がネコみたいなのかもしれないです。奴はイヌっぽいのかな」

一緒にいても、次は何？　僕は次は何をしたらいいのかなと、しまちゃんのことをとても気にしてくれるのだという。

「それが、面倒くさいときがあるんです」

「いい人なんだけどねえ」

アキコはいつもにこにこしている、誰が見ても人のよさがわかる、シオちゃんの顔を思い浮かべた。そして昔のイヌは飼い主に対してそういう感情を持っていたようだけど、最近の愛玩《あいがん》犬《けん》は、自分はかわいがられる存在だと、生まれながらにわかっているようで、自分がいちばんと思っている子も多いらしいと話した。

「それから判断すると、シオちゃんは忠犬っていうところね」

「忠犬、ああ、そうですね。ハチ公よりはずっとランクは低いですけれど、そんな感じです。茶色い雑種で鼻の周りが黒くて、ちょっとお馬鹿な子。駄犬の忠犬ですね」

「かわいいわよね、ああいう子は。私が子供のときはそこいらじゅうにいたけど、最近は雑種のほうが珍しいものね」

盛り上がって話をしていたが、他人様《ひとさま》の彼氏をイヌよわばりしていることに気がついたアキコは、

「しまちゃん、ごめんね。シオちゃんに悪いことをいっちゃった」

と謝った。しかししまちゃんは、

「いいえ、とんでもない。本当にそうなんですから」

と笑ってくれた。帰り際、

「今日はデートはないの」

とたずねると、

「ＬＩＮＥが来てましたけど、無視しました」

といい、

「また明日もよろしくお願いします。ありがとうございました」

と頭を下げて帰っていった。シオちゃん、がんばれとアキコはつぶやいた。

7

アキコは朝起きると、まず部屋着に着替え、

「とにかく早く御飯をくれ」

とわめくどすこい兄弟に御飯をあげ、その間に階下に新聞を取りに行くのは、毎日の習慣になっている。戻ってくると兄弟は彼女に目もくれずに、カリカリとウェットフードの上に覆《おお》い被《かぶ》さるようにして食べている。カリカリは総合栄養食なので、ずっと同じものだが、最近ウェットフードを変えてやったら、それをとても気に入って、二匹ともひと周り大きくなったような気がする。

それでも飼いネコが元気なのはいいことだと、椅子《いす》に座って食卓に新聞を広げた。

「あら？」

一枚の写真に目が止まった。起業をした若い人たちの特集が組まれていて、そのうちの一枚にシオちゃんが写っていた。

「あらまあ」

アキコは親戚《しんせき》の子供が出ているような、はずんだ気持ちになって記事を読んだ。そこにはIT企業に勤めていた同僚三人で、起業したこと、当初は同じ職種なので勤めていた会社の人からライバル視されていたけれど、今は誤解も解けてそんなこともなくなったこと。順調に仕事もあってワンルームのオフィスから、広い場所に引っ越せたことが書いてあった。同僚と写っているシオちゃんは、同僚二人の後ろで笑っている。彼らもとてもいい表情で笑っていて、性格がよくまじめな人たちとわかった。

仕込みの準備中、アキコはしまちゃんに新聞の話をした。

「シオちゃん、新聞に出てたじゃない」

「見ちゃいましたか。そういえばアキコさんは、ずっとあの新聞をとっていらっしゃいましたね」

「商店街に販売所があるでしょ。母の頃からのずっとの付き合いなのよ。だからやめたくてもやめられないところもあって」

しまちゃんは黙ってうなずきながら、

「新聞の取材を受けたって喜んでいたので、いい気になるなって締めたところです」

「ええ、また締めちゃったの？　今度は何？」

「今回は言葉だけです」

「ああそう、よかった……」

どうしてそんなことでほっとしたかはわからないが、ともかくシオちゃんの被害はなるべく少ない方がいい。しまちゃんは包丁を体をかがめて取り出しながら、

「あの写真、同僚の人たちが前にいたじゃないですか」

とアキコのほうを見ないでいった。

「うん、そうだったわね」

「撮影のとき、三人で並んでっていわれたらしいんですけど、奴《やつ》が『この二人には子供がいて、お父さんが新聞に出たら喜ぶと思うから、二人を前にしてあげて』っていったらしいんです」

「優しいわねえ」

シオちゃんは、そんなところにまで気がつくのかと、アキコは感心した。しかししまちゃんは、

「そういうことを、私にいうところがだめなんです。それが事実だとしても、他人に話すのはだめです」

と真顔になっている。

「しまちゃんは厳しいねえ」

「そうでしょうか。そういうのって見苦しいです」

「へええ?」

ついアキコは素《す》っ頓狂《とんきょう》な声を出してしまった。しまちゃんは、そのように同僚の家族を思いやったのはよろしい。しかしそれを手柄のように私に報告するのは、褒《ほ》めて欲しい下心がみえみえで、さもしい根性であるというのだった。アキコは、うーん、たしかにと納得はしたものの、

「シオちゃんはしまちゃんに褒めてもらいたかったのよ」

と小声でいった。しかし彼女の返事は、

「ふんっ、幼稚園児じゃあるまいし」

というものだった。

(しまちゃん、厳しーい)

これはシオちゃんも大変だろうと、アキコは泣き笑いみたいな表情になった。

シオちゃんは一人息子でご両親にかわいがられて育ったから、好きなしまちゃんにも褒められたかったのよ、とか、そういうふうに同僚に気を遣えた自分がうれしかったんじゃないのかなとか、関係修復ができそうな文句をいろいろ考えたが、いずれにしてもだめのような気がした。アキコはこの二人、何とかならないのかしらと考えながら、野菜を調理台の上に並べた。

しまちゃんはそれを次々とカットしていく。いつになく速いスピードに、アキコはその隣で小さくなって作業をしていた。時折、しまちゃんの様子をうかがうと、口をきゅっと真一文字にして、仕事に没頭しているようにみえた。アキコは叱《しか》られたような気がして、しまちゃんが野菜をカットする音を邪魔しないように、なるべく音をたてずに人参《にんじん》をカットし続けた。

開店はしたものの、冬とは違って炎天下に並んで待っているお客様もおらず、猛暑日が続いて、お客様の数も減ってきた。気温を考えて微妙に仕込む量を減らしていても、それでもスープが余るような日が続いていた。夏休みをとったのも、ちょうどよかったかもしれないねなどと、がらんとした店内でアキコがしまちゃんに話しかけていると、ママが大きなボウルを持って、一瞬、店の中をのぞきこんで確認した後、店内に駆け込んできた。

「ごめん、氷あるかな」

「あ、ありますよ」

「少しもらえる？　全然足りなくて、今注文しているんだけど」

しまちゃんが急いで氷が入っている冷凍庫を開けて、アイスピックで細かく割りはじめた。

「ごめんね。仕事中」

この暑さでアイスコーヒーを頼む人が多く、氷が少なくなって注文したのはいいのだけれど、三十分後の配達の時間に、間に合わないかもしれないという。

「三十分だけ間に合えばいいから。ごめんね。本当に悪いね」

「いえ、大丈夫ですよ。ただうちの氷で大丈夫かな。匂《にお》いがついてなければいいけど」

ママはしまちゃんが割った氷のひとかけらを口に含み、

「うん、大丈夫、大丈夫。これだったら出せるから」

とうなずいた。しまちゃんの腕力であっという間に氷が割られ、ボウルに山盛りになった。

「ありがと、本当に助かったわ。ありがとね」

ママはボウルを抱え、何度も後ろを向きながら頭を下げて、小走りに店を出て行った。この暑さの中で、丁寧に淹《い》れられたアイスコーヒーを飲むのは、さぞかしおいしいだろう。

「今日は早めにおしまいにしましょうか」

しまちゃんは黙ってうなずき、誰も座っていないテーブルを拭《ふ》きはじめた。アキコも誰も来ない店内で、銀色の光が刺さっているような目の前の道路を眺めていたら、冷凍品を取り扱う小さなトラックが停《と》まり、運転手が中から氷が入っているボックスを取り出して、ママの店の中に入っていった。あ、よかったと、アキコは小さな声でつぶやいた。

その日は三時で閉店した。御礼をいいに来たママさんは、

「はあ?　もう店仕舞い?」

と驚いていたが、氷を融通してもらったせいか、いつものようなお説教はなかった。

「ゆっくりお休みくださいよ。暑いからね」

といって返っていった。

「しまちゃん、今日はどうするの」

アキコはシオちゃんと会うのかなという期待を込めて聞いた。残ったスープが入った容器を、砕いた氷を入れたビニール袋で包《くる》み、さらにそれを入れたビニール袋をショルダーバッグに入れながら、

「ネコたちと一緒にのんびりします」

という。

「シオちゃんとは会わないの」

しまちゃんがうーんと考えているのを見て、アキコはしまったと後悔した。

「奴はいつでも時間を取るから、連絡してくれっていうんですけど、面倒なんで無視しています」

「ええっ、かわいそうに」

「会ったら締められるのがわかっているのに、変ですよね」

「それだけしまちゃんに会いたいのよ」

「そうですかねえ。うーん、よくわかりませんねえ」

しまちゃんは首を何度もかしげ、
「それではお先に失礼します。ありがとうございました」
と丁寧に頭を下げて帰っていった。しまちゃんはシオちゃんはともかく、ご両親との関係が難しいのかなあと、アキコはあれこれ考えた。

夏休みの前日、相変わらずお客様の数は少なかったが、その日の夕方から商店街の先にある地下のライブハウスで、アキコが若い頃にそこそこ人気のあったバンドが再結成されるというので、午後三時になって、ファンと思われる中年女性のグループが複数来店していた。ライブ前の軽い腹ごしらえらしい。ばらばらに料理が出来上がると、待っている時間がもったいないからと、「たまごサンドと根菜スープ」、あるいは「野菜サンドときのこスープ」で、注文は統一されていた。それでも満席というわけではなかった。全員にオーダーをお出しして、これで今日はおしまいだなと思いながら、アキコが店内に目配りしていると、店の外にシオちゃんらしき男性の姿があった。ここでしまちゃんに報告すると、また大事《おおごと》になりそうだったので、そーっと場所を移動して確認すると、間違いなくシオちゃんだった。彼はアキコの視線には気がついておらず、店の中を見、自分の腕時計を見た後、すっと姿を消した。

（あっ、行っちゃった）

アキコは思わず背伸びをしてみたが、彼の行方《ゆくえ》はわからなかった。

ライブ前に気持ちが高揚しているのか、中年女性はみな声が大きくて甲高くはずんでいた。お客様全員が店を出た後、アキコは黒板を店内に入れながら、

「しまちゃん、知ってる？」

とバンドの名前をいうと、

「聞いたことはありますけど、よくわかりません」

という返事だった。これから一週間は休みなので、丁寧に後始末をしながら、アキコが店の外にちらちらと目をやっていると、シオちゃんが戻ってきた。店の前に黒板がないのに気がつき、ぎょっとした顔の後、窓ガラスに顔を押し当てて店内を確認し、人影が動いているのがわかったのか、ほっとした様子で店の前に立っていた。

アキコは何もいわずにシンクを洗っていた。しばらくするとゴミをまとめていたしまちゃんが、

「あっ」

と声を上げた。

「どうしたの？」

アキコはしらばっくれて聞いた。

「また……奴が……」

しまちゃんが大股《おおまた》で出て行こうとするので、アキコは、

「店の外で揉《も》めないで。知らない人が見たらびっくりしちゃうから」

しまちゃんは、あっとつぶやいて足を止め、小さくうなずいて静かにドアを開けた。その隙《すき》にアキコは店内の壁に貼《は》っておいた、夏休みのお知らせの紙を急いで剝《は》がした。ドアを開けたしまちゃんを見て、シオちゃんの顔が輝いた。お母さんが迎えにきた保育園児のようだった。

「いいですか」

しまちゃんがすまなそうな顔でアキコを振り向いた。

「もちろん、どうぞ中に入って」

シオちゃんは、にこにこしながら、

「こんにちは」

と入ってきた。

「こんにちはじゃないよ、まったく」

しまちゃんは小声ながらも仏頂面だ。

「いいのよ。そうだ、しまちゃん、お向かいで三人分のコーヒーを頼んできて。シオちゃんはアイスのほうがいい？　私はブレンドのホットで。しまちゃんも好きなものを頼んでね」

「すみません、ありがとうございます」

しまちゃんは恐縮しながらママの店に入っていき、しばらくしてアイスコーヒーとブレンド二人分をトレイに乗せて戻ってきた。

「ママさんがこの間の氷の御礼だって、お代金を受け取らなかったんです」

「ええ、本当に？」

アキコはしまちゃんの差し出した財布を受け取った。

「急に来るからアキコさんにもママさんにもご迷惑をかけて……」

しまちゃんは小声でシオちゃんに怒った。アキコとシオちゃんは向かい合って座っているのに、しまちゃんはちょっと離れたところに座っている。

「どうして離れているの。くっつけとはいわないけれど、もうちょっとそばにいてもいいんじゃない」

するとしまちゃんは、シオちゃんではなくアキコの並びの位置になる椅子に座った。それでもシオちゃんは不愉快そうな顔ひとつせずに、にこにこしている。アキコが新聞の話をすると、彼は照れていた。同僚のうちの一人は、今月もう一人子供が生まれたので、がんばらなくちゃといっていると明るい声で話した。

「起業も難しいのにね。業務拡張なんてたいしたものだわ」

「はい、他の二人が優秀なので」

「そんなことないでしょう。お互いに助けられたり助けたりなのよ」

「ああ、そうでしょうか。だといいんですけれど」

アキコとシオちゃんとの会話は進むが、しまちゃんは口を挟んでこない。よほどここに来られるのが迷惑らしい。そこでしまちゃんも会話に入れる話題をと、アキコが、

「アーちゃんはどうしてる？」

と聞いた。

「ふつうは夏は食欲が減ると思うんですけど、何だか食欲旺盛《おうせい》で太ったような気がするんです」

「あら、うちのたいとろんもそうよ。全然、食欲が落ちないの。スミちゃんとフミちゃんはどう？」

アキコがそういってしまちゃんのほうを見ると、

「うちのもよく食べてますね。やっぱり太ったような気がします」

といった。

「でもアーちゃんがいちばん大きいかな」

「うん、そうだね」

二人で会話もしている。アキコはほっとして、しばらく三人で飼いネコ話をした。

「どうするの、今日は」

アキコはシオちゃんに聞いた。彼はちらちらとしまちゃんのほうを見ながら、

「えーと、うーん、時間があったら一緒に食事でも、って……思ったんですけれど」

と遠慮がちにいった。

「今日はだめ」

ぴしゃりとしまちゃんが答えた。

「アキコさんからスープをいただいたから」

アキコはあせって、

「いいのよ、しまちゃん。絶対に食べなくちゃいけないわけじゃないんだから。そうだ、私が引き取るから。ね、そうしましょ」

口を挟めないシオちゃんは、固まっている。

「でも、せっかくいただいたので」

「いいじゃないの、今日、シオちゃんが来てくれたんだし。一緒に食事をしたら？　ね、ねっ、ねっっ」

明日からは夏休みとはいえないので、その言葉を口に出さずに、何とか自分の意志を伝えようと、アキコは必死になった。もしも今日断ったら、夏休み中にまた何も知らされていないシ

オちゃんが迎えに来るかもしれない。いちおうシャッターにも貼り紙をするつもりだけれど、それを見たらさすがのシオちゃんも気分はよくないだろう。今日、一緒に過ごしておけば、まあ一週間はやって来ないのではないかと、アキコは想像した。しばらくしまちゃんは黙っていたが、はっとしてアキコの顔を見た。思いが通じたらしい。

「いいですか。申し訳ありません」

アキコはしまちゃんが恐縮しながら差し出した、氷に包んだスープを受け取った。

「すみません」

シオちゃんがぺこりと頭を下げた。

「いいのよ、気にしないでね。それで今日は何を食べるつもりなの？　余計なお世話だけど」

アキコは彼に聞いた。

「ちょっと調べたんですけど、新しい中華料理店ができたので、ここにしようかなと」

彼は鞄《かばん》の中から雑誌を取り出して、アキコに指し示した。

「大きな道路をずっと歩いていって左側ね。知らなかったわ。雰囲気もよさそうね」

「チャーハンがとてもおいしいそうです」

「それは楽しみね」

しまちゃんの顔を見ると困った表情になって、

「はい」

と小さく頭を下げた。しまちゃんは立ち上がって、三人のカップとグラスをトレイに乗せてママの店に返しにいった。テーブルを拭こうとするのを、

「もういいから、どうぞ行ってきて」

とアキコは押しとどめた。

「すみません」

しまちゃんと一緒にシオちゃんも頭を下げた。

「それじゃ、楽しんできてね」

「ありがとうございます」

また二人は同時に頭を下げた。二人が歩いていくのを見送っていると、しまちゃんは何度も何度も振り返りながら、お辞儀を繰り返していた。シオちゃんが締められないようにと祈るばかりだった。

店を閉め、自室で夏休みのお知らせの紙を書き、シャッターに貼るために戻ってくると、ママが店の前に立っていた。

「さきほどは何だか、ご馳走《ちそう》になってしまって、申し訳ありませんでした」

アキコは頭を下げた。

「いえいえ、ほんの気持ち。本当に助かったから。喫茶店で夏に氷が切れそうになるって最悪だね。気をつけなくちゃ。ところで明日から休みなんでしょう」

「はい、よろしくお願いします。私はここにずっといるんですけど」

アキコが二階を指差しながらいうと、

「たまには旅行もいいんじゃないの。ああそうか、息子が二人いるもんね」

とママはうなずいた。

「預ければいいのかもしれないけれど、私のほうが離れられなくなっているのかもしれないですね」

「動物がいると仕方がないよね。でもたまには息抜きをしたほうがいいよ」

「家でぶらぶらしているうちに、過ぎちゃうと思うんですけどね。ママさんは？」

「あたしは取れそうにもないね。家でのんびりするのもいいんじゃないの、中年以降は。まあ、ゆっくりしてくださいな。それじゃ」

ママは右手を軽く上げて店に入っていった。開いたドアの隙間から店内をのぞくと、いつものように満席になっていた。

アキコがずっと家にいるので、どすこい兄弟は興奮していた。暑いのにまとわりついてきて、頭をアキコの体にこすりつける。片方だけをかわいがると、もう片方が嫉妬《しっと》するので、兄弟を平等にかわいがるのも大変なのだ。たとえばたいの頭を撫《な》でていると、ろんがじっと見ている。まるで撫でられた回数をかぞえているかのようだ。もしも自分のほうが少なかったら、「んんっ」と鳴いて、

「二回、少ない」

と訴えるだろう。なのでアキコは兄弟を体の両側に座らせ、

「はーい、いい子ね」

といいながら、同じ回数撫でてやらなければならない。そして抱っこするときも二匹一緒だ。へたをするとぎっくり腰になりそうなので、ベッドの上に座って、右にたい、左にろんを抱えるような状態になる。アキコがそのつもりがないのに、ベッドの上に座ると、兄弟はどどどどと走ってきて、

「抱っこだよねっ」

と目をきらきらさせて、アキコの膝《ひざ》の上に乗ってくる。あまりの重さにうっとなるが、降りろともいえないので、

「はいはい、わかりました」

と兄弟の要求のままに相手をしてやる。するとそのうち、腹減ったと鳴き、御飯をやると、大あくびをして寝る。ネコとの一日はその繰り返しだった。

一日目は自室の掃除とネコの相手で、あっという間に終わってしまった。本当は片づけもしたいのだが、それをはじめると、兄弟が、

「それ、何？　食べられるもの？」

「あ、これ見たことない。触ってみよう」

「ここの隙間に入っちゃお」

と興味津々で邪魔をしてくれるので、兄弟がアキコが家にいるのに慣れた、休みの後半にしようと思っている。昼に近い午前中、近くのスーパーマーケットで買い物をした後、花屋さんに寄って母に供える花を買った。奥さんは、

「花屋は夏場は楽だと思っていたけど、最近は夏も冷たい水に手をつけていると、冷えて痛くなったりするようになったのよ」

と苦笑して、ネコちゃんにと紫色のトルコギキョウを一本おまけしてくれた。

マイバッグとピンクと紫の花を持って帰ると、ママが店から出てきた。

「お買い物？」

「こんにちは。すみません目の前でシャッターが閉まっていて」

「うん、まあ、仕方がないよね。休むときは休まなくちゃ。あら、きれいなお花」

ママが花束に目をやった。

「お店に一輪挿《ざ》しとかありますか？　もしよければ……」

アキコが花束から一本、抜き取ろうとすると、

「いいの、いいの。うちは造花主義だから」

とママは両手で遮《さえぎ》った。以前はきちんと生花を活《い》けていたのだが、あるときお客さんが誰もおらず、ぼーっとカウンターの上に活けていたバラの花を眺めていたら、その中から一匹の二センチ足らずのにょろ系の虫が出てきた。ぎゃっと思いながら見ていたら、その虫はしばらく体をくねらせていたかと思うと、体半分を外に出して脱糞《だっぷん》しはじめた。そして用を足すとまたバラの花の中に入っていったという。

「虫の住処《すみか》だったんですか」

「そうみたい。コーヒーだって口に入れるものだからさ、店は清潔第一でしょう。急いでそのにょろがしたものを掃除したんだけど。いちいち気にするのも面倒くさいから、よくできた造花があるじゃない。それにしちゃったのよ」

そのバラは商店街の花屋さんではなく、お客さんからいただいたものだった。

「アジアのどこかから届いたっていってたね。日本だったらそういうこともないんだろうけど。でも虫が生きてるっていうことは、強い薬を使っていないだろうから、それに関してはとてもいいんだけど。うちは飲食店だからねえ」

アキコの店では常時、花を飾っていても、そのようなことはなかったが、ぞくっとして、これから気をつけようと思った。

「それじゃ」

二人が左右に別れたのと同時に、ママの店にお客様が入っていった。自室のドア横にあるポストを確認すると、DMにまじって一枚の葉書が入っていた。差出人を見るとしまちゃんだった。

「えっ、何?」

急いで自室に上がると、腹一杯食べたどすこい兄弟は爆睡中だった。葉書には、

「暑中お見舞い申し上げます」

と大きめのどっしりとした丁寧な文字が並んでいた。

(えっ、どうしたの)

書き添えてある細かい文字を読んでいくと、メールだと失礼なので、葉書にしましたという断り書きと、この間はシオちゃんが来たとき、夏休みという言葉を出さずに、彼への対応の仕方を教えていただいて、とてもありがたかったという御礼と、鈍感で申し訳ありませんというお詫《わ》びと、シオちゃんへのお仕置きはアームロックにしておいてやりました。奴には夏休みはばれていませんという報告が書いてあった。

「律儀ねえ」

アキコはひまわりと海の絵が描いてある葉書を眺めながら笑ってしまった。彼女が夏休みで一週間フリーなのに、排除されているシオちゃん。かわいそうとは思うけれど、お義母《かあ》さんのお泊まり希望案件などを考えると、しまちゃんをひっそりと休ませてあげたくなった。心根は優しい人なので、お義母さんからぐいぐい来られたら、断り切れないだろう。そして自分が疲れてしまい、断れなかった自分を悔やむ。結婚は人間関係が増えていくことだから、それ自体は喜ばしいかもしれないけれど、様々な出来事が起こる。それに対処していくのには複雑な感情が生まれるだろうし、ストレスをもたらす。シオちゃんもご両親もいい人そうだけれども、アキコとしては今は身内同然になっているしまちゃんが、困るような事態はなるべく避けたい。うまくやってくれればいいけれど、相手によってはそうはいかない場合も多いのだ。ご両親、特にお義母さんから距離を置くには、しまちゃんが考えているように、事実婚、別居がいちばんいいような気がしてきた。

どすこい兄弟たちは、外からの人々が騒ぐ声がきこえても、まったく動かない。たまーにぴくっと動く耳や、むっくりとした手の先を眺めながら、アキコはふとお寺を思い出した。以前よりも訪れたいという気持ちは薄らいでいた。住職とは血のつながりがあるかもしれないけれど、はっきりとした証拠を持っておらず、周囲の人々の話と母の残した「アキコの父親はお坊さん」という言葉しかないのだから、堂々と「あなたの妹です」といえない。いったとしてもいったいどうなるのだろう。

兄の生活も変わらないいし、自分の生活も変わらない。アキコがカミングアウトしたら波風が立つのは間違いないし、黙ってお寺に出入りすることこそ、こんな私に気がついて欲しいという、いじましい行動ではないだろうか。住職の奥様はとても素敵な人で、いつでも会ってお話はしたいと思うのだけれど、お寺の奥さんとしての用事もたくさんあるはずだ。特に七月、八月は繁忙期だろうし。

「もう、行くのはやめよう」

声に出していってみた。たろが目をつぶったままむっくりと頭を起こし、しばらくそのままでいたが、またがくっと頭を垂れて寝た。

珍しく朝から涼しい日があり、たまには華やかなところをのぞいてみるかと、電車に乗って沿線のデパートに行ってみた。改装したのは知っていたが、そこはアキコが昔から知っているデパートではなかった。一階の化粧品売り場のブースの多さに驚き、上の階に行けばあまりにたくさんのブランドの服がありすぎてくらくらし、ハイブランドのブースが並んでいる階では、その価格にくらくらした。

以前はハイブランドの階には、ほとんど物見遊山《ものみゆさん》の人しかいなかったのに、外国人観光客や、ハイファッションに身を包んだ、アキコよりも年上のご婦人たちが、ショップ内のソファで店員とにこやかに話をしている。前のテーブルには品のいい色合いのスーツが三点広げられ、靴やバッグも置かれていた。どれも素敵で、そのご婦人たちがどれを選んでも似合いそうだった。
どの階も人が多く、アキコは人を見ているだけでも疲れてしまった。店員さんがみな感じよく、にこやかに、

「いらっしゃいませ」

と次々にいってくれる声にもだんだん疲れてきた。こういう場に慣れていないのである。勤めているときは、もちろんデパートやファッションビル、ハイブランドの店にも行った。有名なバッグではなくて、買ったのはスカーフだったが、それでも勤め人の自分にとっては、清水《きよみず》の舞台から飛び降りるような値段だった。そのスカーフは今でも持っている。きれいなものが身近にあると、幸せな気持ちにしてくれるのは十分にわかっている。宝飾品売り場など、展示の仕方もよりゴージャスになっていて、ふだん野菜やパンしか見ていないアキコにとっては、絵本で読んだ昔話の光り輝く金銀財宝そのものだった。しかし欲しいと思うものはひとつもなかった。アキコはデパ地下で、市場調査のためにオーガニックのサンドイッチを買い、どすこい兄弟が待っている部屋に急いで戻った。

8

結局、アキコは夏休みはどこに行くわけでもなく、家でだらだら過ごしてしまい、とうとう最終日になってしまった。唯一の電車に乗ったおでかけは、都心のデパートだった。そこで購入したアボカドやチーズが入った、オーガニック食材のサンドイッチはおいしかったが、これだけで定価が七百円を超えている。店を開いた当初は、サンドイッチとスープとサラダだけで千円は高いなどといわれたけれど、意外にもそうではないのではと思ったりもした。

お世話になっている契約農家やパン工房からの仕入れ額は、じわりじわりと増えているけれど、食材のランクを落とさないためには、それは仕方がない。店を借りていたらとうていやっていけなかっただろうし、嫌っていた母の店があったおかげで、閉店もしないで続けられている。アキコのところに挨拶《あいさつ》に来た、広い道路に面したスープを出す店は、生花店の奥さんの話だと、方向転換したらしく、今はおいしいかき氷が食べられるというふれこみで、暑いなか行列ができて大盛況なのだそうだ。

「商売上手っていうか、変わり身も早いわねえ。とにかくすごい人が並んでいるの。天然氷を使っているとかで、全体的に高いんだけど、いちばん高いのは二千円もするのよ」

「ええっ」

かき氷は何百円のものと思っていたので、アキコはあまりの値段にびっくりした。舌が赤くなったり緑になったりするようなものではなく、もちろん宇治金時のようなオーソドックスなもののもあるが、今はやりのインスタ映えを考えてか、とにかくトッピングがすごいのだという。マンゴー、パイナップル、アイスクリーム、栗《くり》、白玉などなど、種類もたくさんあるらしい。

「かき氷ものすごく大きいの。はしたないけど原価はいくらくらいなのかなって、ちょっと気になっちゃった」

奥さんはふふっと笑って、小さなひまわりを二本、おまけにつけてくれ、

「アキコさんも一度のぞいてみたら？」

という。アキコはその何千円もするかき氷に興味が出て、

「ちょっと帰りに見学してくるわね」

と家とは反対の広い道路に向かって歩いた。

ひまわり五本を持って歩いているアキコを見て、すれ違う女性や子供たちが、

「あ、ひまわりだ」

とにっこり笑いかけてくる。やっぱり夏はひまわりなのだ。アキコも会釈したり笑い返したりしながら、ぶらぶら歩いていると、夕方五時すぎなのに、広い道路の反対側の歩道は長蛇の列になっていた。アキコは少し先の横断歩道を渡って、その列に近づいていった。並んでいるのは若い女性のグループが多く、家族連れも混じっている。若い男性同士や、母娘の二人連れも並んでいた。

「今何時？」

アキコが見学のためにゆっくりと列の横を歩いていると、中学生くらいの女の子が、隣にいた友だちに聞いた。

「五時十五分」

「えー、もう三十分待ってるんだけど。門限ぎりぎりになっちゃうかな。でもＬＩＮＥしとけばいいか。ユイちゃんも一緒だし」

「うん、列も動いているから平気だよ。もし揉《も》めたら私が電話に出てあげる」

女の子たちは何も気にしていない様子だった。揉めたら電話に出てあげるっていうあなただって同級生なんじゃないのと、アキコは笑いを堪《こら》えながら通りすぎた。そしてお小遣いもまだ少ないであろう中学生が、そんなに高いかき氷を食べて大丈夫なのかしらと心配にもなった。

最前列に並んでいる若い女性の二人連れは、

「やっとここまで来たわ。待ったかいがあった」

と大きく息を吐いた。アキコが店頭に貼《は》ってあるポスターを見てみると、生花店の奥さんの話のとおり、様々なかき氷の写真が並んでいた。ただでさえかき氷本体が大きいのに、板チョコやキャンディのトッピングまであった。店の中をのぞくと、ゴージャスなかき氷を、うれしそうに口に運んでいる人たちがたくさんいた。

「はあい」

という声がして、最前列にいた女性たちがにこやかに店内に入っていった。かき氷は最初は大きくても、必ず溶けてしまうので長居はできない。お客様の回転はよさそうだななどと考えながら、アキコは家に帰った。

ひまわりを花瓶に活《い》けると、部屋の中は一気に夏になった。最近はたくさんの花があって、覚えきれないけれど、昔からある花を見るとほっとする。

「ね、そうだよね」

どすこい兄弟に話しかけても、彼らはぼあーっとあくびをしながら、

「何かちょうだい」

という目でじっとアキコを見ていた。

一週間ぶりに、しまちゃんも元気にやってきた。

「お休み、ありがとうございました」

いつまでたっても、しまちゃんはそういった御礼を欠かさない。そんなに他人行儀にしなくてもいいのにと、アキコはいつも思う。

「何してた？　私はデパートに一回行っただけで、あとは家でだらだらしていたの」

「私もそうでした。ずっとネコたちと一緒にいました。昼間から一緒にがーっと昼寝をしたりして。窓を全開にして気持ちよかったです」

どすこい兄弟と同じように、しまちゃんのところのネコたちも、最初は「あれっ、ずっとうちにいる」ときょとんとしていたが、ずっといるとわかると、二匹は跳びはねてとてもはしゃいでいたという。

「そういうときってかわいいのよね」

「ええ。でも全部、寄ってくるのは自分たちの都合なんですよね。私がかまおうとすると、前足でぱしっとはたかれたりして。いったい私はあんたたちの何なんだっていいたくなります」

それでも彼女は笑っていた。

「シオちゃんはどうした？　大丈夫だった？」

結婚するつもりの相手に、大丈夫だったもないものだとアキコは思いつつ、つい口から出てしまった。

「奴は会社の人と交替で休んでいるので、仕事が忙しかったみたいです。ＬＩＮＥには『御飯を一緒に食べられなくてごめんね』なんて来てましたけど、いいよ、大丈夫だよって返事をして。しめしめって思ってたんですけどね。昨日、ぼんやりしているようでも、さすがに奴も勘づいたのか、『今、お店？』なんていってきました」

「ばれちゃったのかな」

アキコがつぶやくとしまちゃんは顔色ひとつ変えずに、

「既読スルーでやりすごしました」

といった。

「あらー」

シオちゃんが忙しくて、あわててお店に来られなかったのは救いだった。

「本当にネコちゃんたちとだけの夏休みだったのね」

「友だちとも時間が合わなくて。でもおかげさまでゆっくりできました」

「そう、それだったらよかったわ」

二人であれこれ話をしていると、いつものようににこりともせずに、ママがやってきた。

「おはようございます。休みの間はありがとうございました」

「いいえ、ところでゆっくり休めたの？　お二人は」

二人が声を揃《そろ》えて「はい」と返事をすると、

「それは結構でした」

とうなずいた。アキコがママの店の夏休みについて聞いても、前に話していたとおり、「休みはなし」という。

「下手に休むとリズムが崩れちゃいそうなのよ。ほら、年寄りってローテーションどおりに毎日動いていると問題ないけど、下手に休んだりすると体調が悪くなったりするじゃない。あたしもその域に達してきちゃったんだね、きっと」

雑談をしているうちに、アキコはかき氷の店を思い出し、ママとしまちゃんに一連のその話をした。

「商売替えをしたようだっていう話はちょっと聞いたけど。かき氷の店になったの」

ママは「へええ」といい、しまちゃんは、

「引っ越してあの店の前は通らなくなったので知りませんでした」

といい、かき氷の値段に仰天していた。特にママは、

「うちだってアキちゃんのところだって、原価ぎりぎりでお客様にご奉仕のつもりで提供しているのに、それって暴利なんじゃないの」

と顔をしかめた。きっとアキコと同じく、子供の頃に食べたかき氷の感覚なのだろう。氷が

天然氷で質が違うこと、とにかくトッピングが豪華でてんこ盛りなのが、インスタ映えして大人気らしいとアキコは説明した。するとしまちゃんが、今は冬でもかき氷が人気で、並んでも食べたいという人がたくさんいるという。

「かき氷一杯じゃ、お腹《なか》もふくれないだろうにねえ。お子ちゃまたちはここに遊びに来て、御飯をちゃんと食べてるのかねえ」

ママは心配し、しまちゃんは、

「私が育ったところでは、かき氷はいちばん安いのでシロップのみで一杯八十円でした」

といっていた。

「そんなもんだよ。どんなにふんばったって、何百円単位のものなのに。へええ、世の中変わったんだねえ」

ママさんは何度も首を横に振りながら、

「常連さんに教えてあげよう」

といって店を出ていった。

「シオちゃんと一緒に一度行ってみたら？　かき氷代は私が払うから」

アキコは高額のかき氷に興味はあるものの、完食できる自信がなかったので、しまちゃんに提案した。

「うーん、奴と一緒っていうのが問題ですけれど。行くんだったら奴に払わせます」

という。

「もしその気になったら遠慮なくいってね」

「はい、わかりました」

アキコはぜひしまちゃんの感想を聞きたかった。

しかし一向にしまちゃんからは、行ったという報告はなく、アキコもだんだん興味が薄れていった。そして猛暑日の夕方、これまででいちばんお客様が少ない日で、早じまいしていると、しまちゃんが、今日はシオちゃんの夏休みの初日で、例のかき氷店に行くという。

「いちばん高いの食べてきて。ね、感想を聞きたいから」

アキコは財布からお札を渡し、

「晩御飯も食べるんでしょう。おつりは返さなくていいからね」

と念を押した。しまちゃんの話によると、かき氷を食べた後、蕎麦《そば》で口直しをするのだそうだ。

「それはいいわね。シオちゃんにもよろしくね」

「あんな奴のことまで、いつも気にかけていただいてすみません。今、奴をそのお店に並ばせているので」

「ええ、この暑さのなか？」

「はい。ちょっと失礼します」

そうことわったしまちゃんは、スマホをチェックしていたが、

「あと三組で入れるそうです」

と淡々といった。

「あら、それじゃあ、ちょうどいい頃かもしれないわね。シオちゃん、ずいぶん前から並んだんじゃないかしら」

「さあ、どうですかねえ」

しまちゃんは最後まで淡々としていて、

「ありがとうございました」

と丁寧に頭を下げて店を出ていった。

翌日、アキコはしまちゃんが店に来るのを心待ちにして、顔を見たとたん、

「どうだった？」

と聞いた。しまちゃんは、

「今まで食べたかき氷のなかで、いちばんおいしかったです」

と真顔でいった。値段に見合う感想でよかった。天然氷のかき氷はふわふわしていて、口に

入れるとすぐに溶けるので、子供の頃に食べた、しゃりしゃりした氷とは違っていた。自分はいちばん値段の高い、小豆《あずき》、黒蜜《くろみつ》、きなこにアイスクリームのせというのを頼んだのだが、氷の中の小豆は甘味もほどよく丁寧に煮てあり、黒蜜もきなこもアイスクリームも全部手作りしているという。

「あれは手が掛かっているものでした。お祭りの八十円のとは違っていました」

シオちゃんはそれよりも値段が安い宇治金時を頼み、やはりしまちゃんと同じ感想だったという。特に抹茶が甘ったるくなく、ちゃんと抹茶の風味があるのがよいという。しまちゃんもひと口食べたら、たしかにそのとおりだった。

「抹茶もしかるべきところに頼んで、挽《ひ》いてもらっているそうです」

「手がかかっているのね。値段だけで判断しちゃいけなかったわね」

今のお客様は情報をたくさん持っていて、厳しい面もあるから、納得できないものにはお金は払わない。それだけ行列ができるのは、それでもよいという人がいる証《あか》しなのだ。

アキコはちょっと疑っていたものの、食べた客が満足できるのであれば、その価格でもいいのかなと思った。しかしちょっと高すぎるのではという思いもまだあった。

「お蕎麦もどうだった?」

「とてもおいしかったです。当たり前ですけれど、おいしいものはおいしいですね。他には常連の年配の方たちばかりだったんですけれど、私たちみたいな者にも親切にしていただきました」

シオちゃんの夏休みの初日が、よい方向に向かってよかったとアキコはうれしかった。

「あのう、そのとき奴といろいろと話したんですけど……」

しまちゃんが小声でいった。

「うん」

アキコが仕込み用の鍋《なべ》を取り出すと、しまちゃんはそれを手伝いながら、

「結婚の話っていうか、まあ、お義母《かあ》さんの話なんですけど」

核心に触れる話をしたとわかって、アキコはちょっとどきどきしてきた。

「いつまでも陰でぐずぐずいっていられないなって、私の気持ちを正直にいったんです」

しまちゃんかわいさに、ぐいぐいと押してくるお義母さんの気持ちが負担になっていること、かわいがってくれているのはうれしいが、やはりひとり暮らしの部屋に泊まりにこられるのは困ること、お義母さんの様々な希望については、応《こた》えられないものが多いことを話した。するとシオちゃんはまじめな顔で聞いてくれて、

「それはそうだよね。僕がきみの立場でも同じ気持ちになるよ」

といってくれた。ここで、

「自分の親に対して文句をいうな」

などと彼にいわれたら完全に決裂《けつれつ》してしまう。シオちゃんは、ちゃんとしまちゃんのことを考えていた。そしてしまちゃんが困っている事柄については、シオちゃんがそれとなくお義母さんに話し、それでもわからないようであれば、はっきりと、お母さんのわがままでしまちゃんの日常生活を乱すなといい渡すといってくれた。

「よかったわね」

「はい、ちょっと安心しました。ただ籍の問題があるので、それについては時間がかかるかなって」

「シオちゃんが話してくれる問題が解決しないと難しいわね」

「籍に入ったらもう逃げられないので。ちょっとそれは避けたいなと」

「しまちゃんの気持ちは、全部、正直にシオちゃんに伝えて、それからね」

「私も今まで、はっきりいわなかった部分もあったのでいけなかったんですけど。これからはきちんと奴にいいます」

「そうそう、それがいいわ。シオちゃんは話せばわかってくれる人だから。話し合ってくれる人だからいいわよ。頭ごなしに怒ったり、自分のいうことを聞いておけばいいとか、面倒くさいから知らんぷりしたりする男の人もいるしね、シオちゃんは立派だわ」

「そうですかね、はあ、まあ」

のろけるわけにはいかないので、しまちゃんはもごもご口ごもっていたが、

「ありがとうございます」

と頭を下げた。

シオちゃんのがんばりのおかげで、お義母さんはしまちゃんの部屋に泊まる計画を撤回《てっかい》し、これからは迷惑をかけないようにすると約束したという。しまちゃんの話によると、お義母さんは最初はどうしてそれが悪いのだろうかと、理解できないようだったが、シオちゃんが、

「お母さんのそういう気持ちが、彼女の負担になっている」

といって、はじめて気づいたという。お義母さんは男の子だけではなく女の子も欲しかったのに、結局、子供はシオちゃんだけだった。しまちゃんに会ったときに、これで娘ができるとうれしくてたまらず、自分の娘のように思っていた。考えてみれば他人様《ひとさま》の娘さんなんだし、ましてや息子と結婚する女性で、自分が産んだ子ではないのだから、図々しかったかもしれないと反省していたらしい。

そしてお義母さんはその話をお友だちにしたら、

「あなた、それはだめよ」

とたしなめられた。その人は娘さんが実家を離れてひとり暮らしをしているが、娘の部屋に

泊まるのにも気を遣い、まず電話をして機嫌がいいかどうかを確かめ、機嫌が悪かったらその件は伝えずに短めに電話を切る。機嫌がよかったら、様子をうかがいつつ、部屋におうかがいしてもよろしいですかという態度でたずねる。

「実の娘にだってそんなに気を遣うのに、息子さんの婚約者にそんな話をしたら、困らせるに決まっている」

と叱《しか》られたのだそうだ。それを聞いたお義母さんは、しまちゃんにくれぐれもお詫《わ》びをしてほしいと深く反省していたらしい。

それを聞いたしまちゃんは、お義母さんを傷つけてしまったんじゃないかと、とても気にしていた。

「シオちゃんは何ていってたの」

「『たしかにショックかもしれないけど、大丈夫だと思うよ。気にする必要はないよ』っていってましたけど」

「あのままいやだ、いやだって思いながらいるよりも、はっきりこちらの気持ちを伝えたほうがよかったわよ。お義母さんもわかってくれるわ。お友だちからも、母と実の娘の関係も教えてもらったようだし」

しまちゃんはうなずいていたが、元気がなかった。きっとお義母さんには、思い描いていた母娘の姿があったのだろう。仲よしでいつも一緒に楽しくいられるような母と娘。しかしお友だちがいっていたように、実際の母娘の関係はとても複雑だ。ましてや母一人子一人で偏差値の高い大学まで行かせてもらったのに、母が生きている間中、母も商売も嫌い続けていた、自分のような娘だっているのだ。

「お義母さん、夢が破れちゃったけど、まあ仕方がないわよね」

「申し訳ないです」

しまちゃんは声が小さくなった。

「自分がいうべきでしたかねえ」

シオちゃんを通じて話してもらったのも、気になっているようだ。

「ひんぱんに会っているのならともかく、そうじゃないからシオちゃん経由でよかったんじゃないかしら。あとで手紙を書くか、電話をしておいたらいいんじゃないかしら。そのままほったらかしっていうのも、お義母さんに対して気の毒なような……」

「そうですよね。そうします」

しまちゃんがやっと笑ってくれた。

その夜、しまちゃんがお詫びの電話をすると、電話口でお義母さんは何度もしまちゃんに謝り、そのうち、

「困らせてごめんね、そんな思いをさせて」

と涙声になっていたという。そして式についても、こちらが勝手に、ウェディングドレスだの、お色直しだのといっていたけれど、そのことも気にしなくていい。二人の問題なのだから二人で相談して、それを私たちやしまちゃんのご両親に伝えてくれればいいからといってくれたと、翌日、アキコは出勤してきたしまちゃんから聞いた。

「よかったね」

「はい。ありがとうございます」

しまちゃんの顔は明るかった。これでお義母さんが望んでいた、ドレスを着なくてもよくなってほっとしたらしい。

「じゃあ、これで決まりかな」

「何がですか」

「結婚よ」

それでもしまちゃんは首を傾《かし》げている。アキコが見つめていると、

「籍が……」

といって苦笑している。

「ああ、籍ねえ」

世の中にはいくらでも事実婚の夫婦がいる。それは男女で決めればいいことなのだが、事実婚はともかく別居というのが、シオちゃんには納得できないところらしい。

「まあ、それはそうよね。事実婚も厳密にいえば同居が基本なのかな」

「奴が籍を入れずに別居だったら、それは赤の他人と同じだっていうんです。事実婚でお互いに単身赴任中ということにしたらどうかっていったら、えーって驚かれました」

アキコは笑いながら、

「二人でよく相談してね」

というしかなかった。

八月も終わり、お客様の数は思わしくなかったが、そのおかげでゆっくり休めた。またママから叱られそうだが、最近、疲れが取れにくくなってきたアキコにとっては、早じまいもありがたかった。残暑も落ち着いてきた九月の二十日過ぎ、いつものように出勤してきたしまちゃんが、どこか緊張している。

「どうしたの？　何かあったの」

心配になってたずねると、急に顔がぱーっと赤くなり、

「あのう、何だか形だけ式というか、そんなものをやることになってしまいまして」

という。

「えっ、あっ、そうなの。決まったの、よかったわねえ」

しまちゃんは黙って小さく頭を下げた。唇をぎゅっとむすんで必死に照れているのを隠しているようだ。

「十月の連休のときなんですけど、またあらためてご挨拶状を持ってきますが、アキコさんにもぜひ来ていただきたいんです」

シオちゃんの同僚がセッティングしてくれたそうで、両家の身内と友人だけの、こぢんまりとした席で、カジュアルに普段着で来て欲しいという。

「喜んで行かせていただくわ。おめでとう」

「ありがとうございます」

「そうか、しまちゃんも人妻になるのね」

「いいえ、人妻ではないです。籍は入れないので」

「ああ、そうなんだ。それじゃ、別居も」

しまちゃんはうなずいた。すべてしまちゃんの意向が通ったということらしい。

「シオちゃんもずいぶん譲ったのね」

「そうですね。必死に抵抗していましたが、私のほうが強いので」

「武力行使に出たの？　まさか首を絞めたりしなかったでしょうね」

「うーん、ちょっとだけ」

「ええっ、暴力はだめよ。ちゃんと話し合いをしなくちゃ」

「はい、話し合いをしてお互いに納得しました」

「ああ、それだったらいいんだけれど」

アキコは胸に手を当てて鼓動を鎮めた。しまちゃんが本気を出してシオちゃんを首投げしたら、ものすごい勢いでふっとんでいきそうな気がするので、なるべく穏便《おんびん》に済ませてもらいたかった。シオちゃんもいちおう男性だし、しまちゃんにあれこれいわれて、いつか精神的に爆発するのではと、アキコは心配していたが、そんな気配もなくおっとりと物事は解決されたようだった。

しまちゃんとシオちゃんの事実婚お祝いの会は、古い一軒家で行われた。都心の住宅地なのに、どうしてこんな建物が残っているのかと、不思議な感覚に陥《おちい》る建物だった。戦争のときにたまたま被災せず済み、大家さんが建て替えをせずに手をいれながら残しておいた建物だといぅ。昔ながらの瓦屋根の木造の二階家で、狭い階段やちょっとのぞいた一階の風呂場《ふろば》や洗面所のタイルが、アキコにはとても懐かしく、室内を探索した。一階の一室だけが板の間で、他には一階に二部屋と、二階に三部屋あった。会場はその板の間の部屋と隣の六畳の部屋の襖《ふすま》を取り払ったスペースになっていた。二階から木製の手すりのある引き戸のガラス窓を開けて、下を見ると、小さな庭の木や花壇が見える。周囲は小さなビルやマンションに囲まれていて、つい、昔はよかったなといいたくなるような場所だった。

会場には年月を経た木製のテーブルと椅子《いす》が並べられ、近くの懐石料理店から料理が届けられていた。大島紬《つむぎ》に七宝と鯛《たい》の刺繍《ししゅう》の帯を締めた年配の女性がご挨拶にみえた。会を主催したシオちゃんの同僚の男性が、

「この家の大家さんでもとは芸者さんだったそうです」

とアキコに耳打ちしてくれた。

平服の両家のご両親、しまちゃんの家族は日に焼けているかいないかの違いだけで、全員人のよさが顔に出ていた。二人の友だちもみな感じがよかった。シオちゃんはいつもと同じようなジャケットにパンツ、しまちゃんも古着のジャケットにパンツスタイルだった。アキコもこれまで結婚関連のお祝いの席に何度も参列しているが、新婦の立場の女性が、パンツスタイルだったのは、しまちゃんだけだった。しまちゃんのお父さんは挨拶で、

「こんな愛想のない娘に、こんな日が来るとは思っていなかった」

と繰り返して、隣に座っていたお母さんから何度も太腿《ふともも》をつねられていた。アキコはそれを見ながら、しまちゃんはお母さん似なのかもしれないと、笑いを堪えていた。

少人数ながら場は盛り上がり、両家のお父さんたちがいないと思ったら、二階の和室でお酒

を持ち込んで、勝手に二人で盛り上がり、そのうえ押し入れに将棋盤と駒《こま》があるのを見つけて、二人で指しはじめていた。みんなが好き勝手にやっているのに、どこか楽しい会だった。アキコはシオちゃんの会社の同僚に、

「出版社をおやめになって、お店をはじめられたんですよね。違う職種で不安はありませんでしたか」

と聞かれた。アキコは料理本を作っていたので、それが今から思えば勉強になっていたこと、料理学校の理事長先生と知り合いで、力になってもらったこと、そしてしまちゃんの力がとても大きいことを説明した。

「そのときはわからなくても、人のつながりが大きかったんですね。僕たちもそうです」

子供が生まれたばかりといっていた彼は、何度もうなずいていた。若い頃はわからないけれど、何十年も経《た》って、それが自分の人生にとって重要な人であったことに気づく。いい意味でも悪い意味でも、世の中には無数の人がいるのに、そのなかで出会う人というのは、何かしらの縁がなければ会えないはずなのだ。

「いやだと思った人でも、後になってみると勉強になることも多いですね。反面教師ももちろんいますが」

シオちゃんの同僚も、若いのにみなしっかりしていて、何より人柄がよかった。

ひとしきりみんなで飲んだり食べたりした最後に、新郎の立場のシオちゃんから締めの挨拶があった。

「この未熟な僕たちのために、あっ、未熟なのは僕だけなんですけど、みんなが集まってくださって、本当にうれしいです……」

そこまで話したら、彼はうつむいてしまった。アキコはもしやと不安になったが、案の定、顔を上げたシオちゃんの顔には、ただならぬ量の涙がだだーっと流れていた。ふつうの会ならば、ここで感動の嵐《あらし》になるはずが、どういうわけか彼の顔を見たとたん、全員が、

「あっはっは」

と大爆笑した。ご両親まで息子の顔を指さして笑っている。泣き笑いの表情になったシオちゃんの横で、しまちゃんは眉根《まゆね》に皺《しわ》を寄せたまま、困った顔で立ち尽くしていた。

本書は書き下ろし小説です。

著者略歴

群ようこ（むれ・ようこ）
1954年東京都生まれ。1977年日本大学芸術学部卒業。本の雑誌社入社後、エッセイを書きはじめ、1984年『午前零時の玄米パン』でデビュー。その後作家として独立。著書に『無印良女』『びんぼう草』『ひとりの女』『かもめ食堂』『ヒガシくんのタタカイ』『ミサコ、三十八歳』『れんげ荘』『パンとスープとネコ日和』『かるい生活』『衣にちにち』『老いと収納』など多数。

Kadokawa Haruki Corporation

群 ようこ

婚《こん》約《やく》迷《めい》走《そう》中《ちゅう》　パンとスープとネコ日和《びより》

*

2018年1月18日第一刷発行

発行者 角川春樹
発行所 株式会社 角川春樹事務所
〒102-0074 東京都千代田区九段南2-1-30 イタリア文化会館ビル
電話03-3263-5881(営業) 03-3263-5247(編集)
印刷・製本 中央精版印刷株式会社

定価はカバーおよび帯に表示してあります。落丁・乱丁はお取り替えいたします。
ISBN978-4-7584-1318-3 C0093
http://www.kadokawaharuki.co.jp/